巅峰阅读文库
DIANFENG YUEDU WENKU
校园文学优酷悦读

血战
沙漠核鼠

杨永汉 著

最原创故事

Xue Zhan

Sha Mo He Shu

天津人民出版社

图书在版编目（CIP）数据

血战沙漠核鼠/杨永汉著. —天津：天津人民出

版社，2012.1

（巅峰阅读文库. 校园文学优酷悦读）

ISBN 978 - 7 - 201 - 07293 - 7

Ⅰ. ①血… Ⅱ. ①杨… Ⅲ. ①故事 - 作品集 - 中国 -

当代②短篇小说 - 小说集 - 中国 - 当代 Ⅳ. ①I217. 2

中国版本图书馆 CIP 数据核字（2011）第 245933 号

天津人民出版社出版

出版人：刘晓津

（天津市西康路 35 号　邮政编码：300051）

邮购部电话：（022）23332469

网址：http：//www. tjrmcbs. com. cn

电子信箱：tjrmchs@ 126. com

北京市凯鑫彩色印刷有限公司

2012 年 1 月第 1 版　2012 年 1 月第 1 次印刷

787×1092 毫米　16 开本　12 印张

字数：150 千字

定价：20. 00 元

序 言

自我在刊物上发表第一篇文学作品算起，已经经历了整整三十个年头。回过头来看看所走过的路，虽然充满了坎坷和辛酸，走得是如此艰难，可我却始终不离不弃深爱着文学。因为爱着文学，使我心存一份希冀和梦想；因为爱着文学，使我每天都沐浴在用文字组成的金色阳光下，享受着春天般的温暖。

三十年是那么短暂而又漫长，三十年的日日月月洒满了我无尽的快乐和忧伤。有好多个不眠之夜，我都会心生一种冲动似的诘问：你真的酷爱着文学吗？

是的，我真的醉心痴迷着文学，尤其是在这个一切向"钱"看的年代里，我把整个儿的身心都交给了她，这是需要信心和勇气的。

在心灵的高地我始终信奉着"读万卷书，行万里路"这句格言，也在义无反顾地践行着。我是农民的儿子，也是一位民间祖传医生，循着这条路，应该可以衣食无忧。可我却要以医养文，把自己辛辛苦苦挣来的钱拿去自费考察祖国的名山大川，不觉间跑了二十多个省份，并趁亲近大自然游、历名胜古迹的机会，别出心裁地弄了两本出门必带的图书集章册和名人签名簿。如果客观条件允许，每到一地我会先到新华书店购买那些我喜欢的书籍，同时也会搜集民间风情、异地掌故，寻访写作素材，以期增长学识，提高感悟生活的能力，为自己的文学创作打下坚实的基础。

另外值得一提的是，我还有一些有益的爱好：习武，习武能使

我的身体强壮；爱音乐、爱戏曲，音乐戏曲使我性情开朗；爱集报、集币、集邮等，集报、集币、集邮等能让我增长见识。最令我骄傲的是自己养成了记日记的习惯。三十多年来，我辗转多处，无论环境多么艰窘，我一直坚持每天必记日记，这些第一手得来的资料，是我无尽的写作财富。

光阴荏苒，岁月如流。转眼三十年过去，因我笨拙有余、灵性不足，加上自己爱好较多，写得也很杂，只能是广种薄收。好在我还有自知之明，一直记着"勤能补拙"这句话，一路磕磕绊绊地走下来，总算收获了平生第一册薄薄的文集。俄国作家契诃夫说得好："许大狗叫，也许小狗叫。生活中，不管富商大贾或是贩夫走卒之流，其实他们都有自己一片生存的天空。"鉴于此，我希望自己在解决家人温饱的同时，今后继续坚持写下去，争取有不俗的表现。最后再补记一句，如果读者能耐心看完这本小书，在此我向您真诚地说声谢谢。是为序。

杨永汉

目录

第一辑　青春部落

撕毁的信任 / 003

舞着狮子去拜年 / 006

名医张 / 010

邂逅的秘密 / 013

甘心做妻子的俘虏 / 016

我的后背你做主 / 019

活着真好 / 023

回魂掌 / 026

美丽的误会 / 030

心形陶瓶 / 033

情天恨海 / 036

远去的小米 / 039

为妈妈洗脚 / 042

真的好想你 / 045

跳出来的价值 / 048

目录

第二辑　当代写实

请枪下留人 / 053

诚实带来的姻缘 / 057

镇长下跪 / 060

捡垃圾的妈妈 / 064

骨气 / 067

四八二十三 / 070

走上"明星"舞台 / 074

好人 / 078

与对手竞争 / 080

那年冬天 / 083

不愿相认的儿子 / 086

第三辑　幽默星空

不倒翁与美丽鸟 / 095

制造错误 / 098

送给镇长倒运猫 / 100

目录

刘老抠剃头 / 106

免费接吻 / 108

免费的午餐 / 111

奶奶得了梅毒病 / 114

最重的厚礼 / 117

特异功能 / 118

送礼就送存折 / 121

歪打正着 / 123

这该死的爱 / 126

第四辑　传奇天地

最后一回 / 131

私奔疑案 / 133

血战沙漠核鼠 / 139

生死草 / 144

夜半惊魂 / 147

"草上飞"败走柳溪 / 152

目录

张三丰悟创内家拳 ／ 157

巧断毒鸡 ／ 163

追命绳鞭寻刀客 ／ 169

第一辑　青春部落

撕毁的信任

江玲玲是北京某名牌高校大四的学生，她天资聪颖，学习拔尖，还是有名的校花。面对众多男生的追求，她最终选择了比她高一届的赵晓鹏，与他确定了恋爱关系。

眼光挑剔的江玲玲为什么会选择赵晓鹏？因为赵晓鹏费了千辛万苦，为爱好画画的她淘来了一幅名画，打动了她的芳心。

为甄别真伪，江玲玲找了几家古董店鉴定，可他们都拿不准。后来，她在网上看到家乡的省电视台开设有一档鉴宝类直播节目，便报名参加了。

那天，作为第五位持宝人，江玲玲走进了电视台的直播大厅。她简单地作了自我介绍，并告诉女主持人，她带来的藏品是著名画家陈半丁先生的山水名画：《风景独好》。

女主持人问："你是怎么得到这幅画的呢？"

江玲玲有点儿不好意思地说："这是男朋友送给我的定情礼物。他说，这画至少能值 20 万元。不过，我真的有点儿怀疑它是不是真品。如果真是名画，说明他对我真心；如果是假的，说明他欺骗了我，我会毫不犹豫地与他分手。我最不喜欢说谎的人——尤其是我最亲近的人。"

女主持人说："这幅画如果是真品，当然皆大欢喜；如果是赝品，马上分手也大可不必吧？为买这幅画，你的男朋友也许要托关系找路子，再经朋友托朋友，也付出了很多，假如这中间哪个环节

出了差错，你岂不是冤枉了他吗？"

江玲玲很自信地一笑，说："我不会冤枉他的。"

"那好吧，"女主持人说，"让中国画鉴赏专家谢老先生帮你辨别真伪。希望这幅画是真的，也真诚地祝福你们会有一个美好的未来。"

江玲玲忐忑不安地走向专家鉴定席，将画轴递给满头银丝的谢老。

谢老仔细地察看了画作，笑着问道："姑娘，你知道陈半丁是何许人吗？"不待江玲玲回答，他已介绍起来。

"陈半丁先生是浙江绍兴人，20岁时到上海拜吴昌硕为师，曾就职于北京图书馆，后任教于北平艺专。他特别擅长花卉、山水、人物、走兽，以写意花卉最知名，作品笔墨苍润朴拙。陈半丁先生曾担任过中国画研究会会长、北京画院副院长。名画家张大千就是在他的举荐下一举成名的……新中国成立前陈半丁在北京画界虽首屈一指，但解放后被打成了右派，康生对他有成见，大加迫害……"

眼下，江玲玲最想知道的是这幅画的真伪，可谢老却迟迟不揭谜底。他像故意吊她的胃口，又问道："姑娘，你希望这是陈半丁先生的真迹吗？"

江玲玲笑着说："我当然希望啊！"

"你的愿望当然是好的。"谢老将画作推到江玲玲的面前，"不过，我想告诉你的是，你这幅藏品，是一幅临摹之作。"

这话不啻一声炸雷，惊得江玲玲脸色发青。

谢老慢悠悠地指出哪些地方不是陈半丁的画风特点，肯定它不是真迹。

江玲玲如落冰窟，周身透冷。这是直播节目啊！此刻，自己的老师、同学和家人也一定在电视机前观看，如此岂不是丢人现眼了吗？她只觉得怒火中烧，一把抓住那幅画就撕。

谢老和女主持人急忙阻拦，可还是迟了，画已被江玲玲撕去了半边。节目的导演也急了，大声叫道："快，插播广告！"

电视画面立刻切换成广告。导演赶了过来，好一番安抚，总算让江玲玲平静了一些。

直播节目又正常进行了。

女主持人还算机灵，及时调侃，调节场上的气氛："持宝人江玲玲刚才的情绪有点儿激动，这恰恰表明，她对男友的爱是很深很深的。就凭这种'爱'，我们给她来点儿掌声好不好？"顿时，观众席上响起了热烈的掌声。

女主持人继续穿针引线，让谢老接上话题。

谢老解释说："我很理解这位持宝人的心情，只是她过于急躁了，做了一件傻事——她撕掉的不仅是一幅画作，还撕掉了一笔数额可观的财富。"他回头问江玲玲："你知道是为什么吗？"

江玲玲不好意思地摇摇头。

谢老有点儿痛心地抱怨道："我刚才的确说了，这件藏品是一幅仿作，可它是大画家齐白石的仿作呀！20世纪初期和中期，陈半丁是北京画坛的领军人物，齐白石的画还要略逊于他。齐白石把他的三儿子齐子如送到陈半丁门下拜师，可见他对陈半丁也是很佩服的。有一天，齐白石仿画了陈半丁的《风景独好》，然后请陈半丁自己落款，想看看能不能因此以假乱真。两位名画家的戏作，却成就了一幅绝世珍品！据评审团的估算，它的市场价值目前最低也在80万元左右。"

江玲玲瞪着大大的眼睛，感到难以置信。

"的确是真的。"谢老十分惋惜，"姑娘，你不但撕毁了一幅名画，而且还撕毁了一份信任——对你男友的一份真诚的信任。"

江玲玲的眼眶里，涌出了两行懊悔的眼泪……

舞着狮子去拜年

　　腊月二十三小年一过，黎少亭就从南方回来了。到家一放下密码箱，就告诉老爹黎传宝一个惊人的消息：今年春节，他要舞狮子给现任村长唐朝谷拜年。黎传宝望了望儿子说道："十多年来咱村再没有舞过狮子啦，都忌讳这件事，你小子不会是吃错药了吧？"可是，黎少亭听了老爹的话不服气地说道："他唐金星仗着有权有势，就该割我爷的资本主义尾巴？咱多次要宅基地他不给批，那咱们就不该翻翻身出出这股恶气？"黎传宝见难以说服儿子，只好长叹一声由他去了。

　　黎少亭说干就干，他找了一帮近门叔兄侄子们一商议，当下拍板，狮子皮及其他锣鼓家什由他花钱买，同时置办了需要的行头及各种道具，每天晚上都到东河坡演练套路，熟悉舞狮动作。

　　黎传宝的上几辈都是舞狮子领宝出身，老爹在当年耍刀玩枪舞狮子的时候，黎少亭经常跟着看，所以基本的功夫和套路都会个八九不离十。没有几天，他和一帮子叔兄侄子就能舞得风生水起啦，然后就在家中的大院里彩排。有人问他们到了大年初一先给谁拜年，黎少亭就说，那自然是先给村长拜年啦。

　　转眼到了大年初一，这天早上，黎少亭指挥着一帮人，浩浩荡荡开到了村长的大门口。领宝人是黎少亭，他不管三七二十一，先在锣鼓停顿后喝了几句彩：千村百镇放光华，初一先拜大当家；村民看的是干部，盼望带头把财发。随后，两只狮子在村长的大院里舞动起来，又是蹿动，又是翻斤斗，还在院子中间逗了一阵宝。

随着一阵咚咚锵的锣鼓声，两只狮子猛一起身，这时黎少亭向别人使了个眼色，当头的二柱心领神会，这是让狮子在门口倒着舞呢！为什么倒着舞呢？这里舞狮子的都知道，背对主家大门就是"磕蹭"，咒他们在新的一年里会倒霉运。谁知，二柱刚一个转身，正要使出翘右腿——做撒尿的动作，人群里突然响起了一声大吼："住手，停。"大伙被这一声喊惊愣了，锣鼓声停了，玩狮子的小伙儿们也停下来，当"头"的也探出了脑袋。

大家抬头一看，竟然是黎少亭的老爹黎传宝。一看是老爹，黎少亭忙跑过来拉他走："爹，你来干什么？"

这时的黎传宝板着脸问道："你这玩的是哪一门子玩意儿？咱舞狮子的也要光明磊落，讲究一点规矩，不能背后伤人！"

站在门口的唐朝谷胳肢窝夹着一条烟，那是准备等会儿给拜年狮子的酬劳。这会儿他也心知肚明，知道黎家是想以玩狮子来以怨报怨。过去，唐朝谷的父亲在"文革"时曾经利用手中的权力，批斗过玩狮子又爱说风凉话的黎少亭的爷爷，甚至还让他头顶狮子皮游乡示众。之后，黎、唐两家结怨很深，这回他早就听说，此次黎少亭从南方回来是想利用玩狮子报一箭之仇。俗话说，冤家宜解不宜结，虽然，他是通过民主选举做了村长，但是，他绝不会像他的父辈们那样互相勾心斗角，他希望能化解矛盾。只见他拆开一盒烟让过来，嘴里呵呵一笑打着圆场："黎二叔，你不要生气，先吸烟再说。"之后，他给黎传宝解释，说少亭兄弟这是玩点小把戏，小孩子闹着玩的。

说着话，唐朝谷一一让烟，而轮到黎少亭，黎少亭却没有接，他话中有话地说："村长，你可不能收买村民啊！"

"哈哈，少亭兄弟，你这话可有点言重了。"唐朝谷真诚地说道，"你来得正好，最近我正要去找你，以后咱村的许多事情还要

指望你来帮忙呢。"

唐朝谷说这话可是真心实意的，因为黎少亭这十来年在南方打工收获不小。他先是在一家饮料厂打工，后学会了全套流程成了技术骨干，后来又发明了一项用萝卜汁做矿泉饮料的专利，自己也成了股东，手中掌握了不下数百万元的资本呢。可是他们唐家洼如果想发家致富，就得有能人挂帅，正好他们这里土质好，适合种萝卜，原料充足，这是一个有利的条件。所以唐朝谷一定不会放掉这个大能人，哪怕他说几句尖刻的话也在所不惜。

而黎少亭话中带刺："你是大村长，俺是平民百姓，能给你帮上什么忙呢？"

唐朝谷说："你能，你不但能给我帮忙，最重要的是你能给咱全村的乡亲们帮忙。"

黎少亭说："我要是能有那么大的能耐，我不也是村长了？"

"那好，如果你答应我一件事情，我就可以请示镇上，这个村长就由你来当。"唐朝谷一本正经地说。

"是真的吗？"黎少亭故意问道。

"千真万确。"说到这里，唐朝谷伸出右手，"你不信，咱可以击掌为誓。"

这时的黎少亭还真的把手伸过来了，两只手拍在了一起。

突然，黎少亭的老爹黎传宝喊了一声，他从黎少亭的手中要过元宝，这边的两只狮子马上披挂好舞动起来。只见唐朝谷也跑过去要过鼓槌猛敲起来，他的嘴里吆喝着：舞起来，耍起来，给村上的乡亲们拜年去呀！

春节过后的第二天，唐朝谷找到了黎少亭说要他兑现诺言。而黎少亭则装聋作哑说自己没有说什么啊，唐朝谷就提醒他应下的事情。看到唐朝谷的真心实意，这让黎少亭很感动，说只要唐朝谷信得过，他甘愿放下挣钱的门路回到家里打拼一番。很快，唐朝谷写了有关材料送到镇上，批准黎少亭做村长，唐朝谷做村支书来配合他的工作。

不久，黎少亭在唐家洼村建起了一个以萝卜为原料的保健饮料厂，吸引了村里数百人就业。

两年之后，厂子越扩越大，产品远销日本、韩国等十多个国家。有一天，黎少亭和唐朝谷在一起喝着酒说道："想不到，一场玩狮子的报复行为却成就了一个厂，这兴许是缘分啊！"

名医张

柳溪镇有位八代单传的医生叫张积贤。张积贤医术高明，尤其治疗噎食病——如今叫食道癌，特别拿手。无论早晚期，他利用祖传秘方熬制的丸散膏丹，只需一个月即可康复，被四乡八镇的人们称为"再生的华佗"。此后，乡人不再唤他张医生，而是叫他名医张。

名医张性格内向、言少语稀，平日深居简出，除为人治病外，就长久坐在屋中手不释卷地研习医道。

名医张早年丧妻仅得一女，名叫桃花，25岁那年才招婿上门。

女婿刘山虽出生在穷苦人家，却也精明能干，平时帮助抓药，注意观察岳父对病人望闻问切的诊断要诀，闲暇时就翻看医书积累经验，两年下来，对一般的疾病他都能治。名医张看刘山聪敏好学，夜深人静熬药炼丹之际，就让他在身边打个下手。

可惜好景不长，一阵飓风刮过，上头勒令名医张停业整顿并入镇医院，要求献出八代祖传治疗食道癌的秘方。无奈他恪守遗训至死不从，一群小将就将他戴上高帽游街示众。他实在难以忍受这屈辱的折磨，在一个凄风苦雨的暗夜逃往外地，隐姓埋名……直到风和景明之际，名医张才返回柳溪镇重操旧业。

于是，张氏诊所治疗食道癌的绝技又名播四乡，甚至香港，新加坡等地患者也慕名远道来求诊。

不过，张氏诊所治疗食道癌有一个雷打不动的死规定：每月限接治五名患者。

这些山南海北的病人心焦火燎地来到后，只得挂上号住进旅馆耐心等待。看着病人脸上痛苦急切的表情，刘山劝说道："爸，救人一命，胜造七级浮屠。咱既然有空闲，何不多治几个病人呢？"坐在太师椅上翻医书的名医张住了手，翻着眼皮呸了呸："这是古训，你才出道几天懂个啥？要知道这是张家的规矩。"

刘山知道他性情怪异，只好小声嘟囔几句去药房碾药去了。

如此几番磨擦，两人似有隔膜，再熬药炼丹时，名医张就借故支开刘山。而刘山经过这么多年的耳濡目染，对熬药、诊治等一应疗法大多掌握，就一改往日的温顺横下心来决计另立门户。他先做通了桃花的工作，然后夫妻二人一起找名医张商议。名医张听后惊愕许久，而后长叹一声，蔫蔫地说："自古道：分久必合，合久必分。你既然想出去闯闯，我也就不阻拦了。"言罢，交代一些医道上诚心治病、老实做人的训教，拿出 5000 元钱给他们做启动资金，并且把用祖传秘方熬制的精品要药分出一部分交给刘山。没几日，刘山在距柳溪镇西 20 里地的枣林集开设了"张氏食道癌专科分部"。

刘山的分部开张后，就敞开门户接治病人，不少在柳溪镇等得心急的食道癌患者赶往枣林集，不足一月病人愈后而归。刘山性情温和态度好，远近病人纷纷拥来，门诊很是热闹。

半年不到，那些经刘山治疗的病人愈后复发，或重者减轻却没全愈，便又求到名医张的门下，名医张破例都收下。

一个人的生活十分孤单，有时名医张心烦意乱就借酒浇愁，谁料想剧增的酒量酿成悲剧。那日他正在诊所闲坐冥思，猛然觉得头脑发晕，身一歪，口吐白沫躺倒地上。一些患者的家属将他送到医院，最后确诊为脑血栓。

刘山和桃花闻讯赶回来精心伺候他。两天后，名医张病情稍有缓解，刘山坐在床头，擦拭着从他嘴里淌出来的口水。想到食道癌患者治后又复发，未能彻底痊愈的烦恼，刘山就轻言慢语地问道："爸，你治一个好一个，而我近来治的病人只能减轻不能愈，这到底是啥原因？"他一遍遍地问，问得烦了，名医张"嗯"了一声别过脸去。

名医张心力不支，病情日见沉重，可能要不久于人世，而缭绕在刘山心头的阴云还没有散去。

又是几日，名医张茶饭不进昏迷不醒。连续吊了几瓶水，他睁开了深陷的眼睛。

刘山凑近来睁大眼关切地问道："爸，俺们是你的女婿、姑娘，你可不能扔下俺们不管哪？"

听到女婿恳求几遍，名医张喘息一阵，才用那细若游丝的声音问道："开、开张时你用我下的药，眼下使的是你自己熬的药，是吧？"

刘山点点头说："对，对。"桃花也在一旁随声附和。

"有、有两味药我单独下的，从来没有对你说过。"

名医张望着面前渐渐模糊的人影，双眼放出一丝亮光来，他艰难地眨动一下眼皮，微微地闭上了眼……

"爸！"桃花痛哭失声泪水涟涟："你不能走哇！"

刘山怔怔地站在那里。

邂逅的秘密

最近元元一直感觉特别累，心里窝着一团火，今天刚一下班，他就第一个冲进了电梯，不等后边人赶上来，就以极快的速度关上了电梯门，随着一阵眩晕的感觉飞下了26层大楼，然后，出了大门拦了一辆的士来到了本市最有名的"好望角"酒吧。此刻，他坐下来，最大的心愿就是痛痛快快地喝一顿，最好是一醉方休。

这一段时间，元元的工作总是出错，由他设计的策划方案几次呈交部长，都不能入部长的法眼，部长甚至将他痛批一顿，说他的方案要再过不了，恐怕就要炒他的鱿鱼。本来，元元打电话准备给女朋友雯雯诉诉苦，谁知她接了电话后，说话尖刻粗暴，几分钟不到两人就谈崩了。挂了电话后，元元的自尊心受到了极大的伤害，他心里清楚，最近自己只顾忙策划方案，快一个月没陪雯雯逛街游玩，雯雯认为他是在故意疏远她，就心存怨恨，后来连他的电话也不接了。之后，一位要好朋友的提醒让他醍醐灌顶，原来雯雯近来与一位男青年关系暧昧，常在一起，这引起了他的警觉。碰巧那天下班回家的路上，在一家大型超市的门口，他竟意外看到雯雯与一男青年正一起谈笑风生……随后，他打电话询问，可雯雯却轻描淡写地说："我找人陪陪又怎么啦？"一句话堵得他无言答对……

这会儿，元元要的两个菜端上来了，服务小姐还给他开了一瓶五粮液。他满上后，刚要喝第一口，突然听到了电话铃音，元元心中一喜，是不是雯雯打来的？等到他急忙接听后却大失所望，原来

来电的是他过去上高中时的一位同学宋青虹。

元元这会儿心里烦，想挂掉，但是，对方好像听到他的声音后十分高兴："梅元元，我有五六年没有见到你了呀！你还好吗？"元元也只得应声打着哈哈。而宋青虹就说了自己现在的情况：自从他们高中毕业后，她没有考上大学，就跟着一位亲戚学卖服装，几年间竟然发展到了四间门店，每年的收入都在二十多万元。元元就问她现在结婚没有？宋青虹说自己仍是"单身贵族"。元元问她现在忙吗？宋青虹说不忙，并主动邀请元元找个酒吧喝几杯。这时的元元心头一热，他知道现在的宋青虹仍然对他心存好感。高三时他们是同桌，元元学习好，经常给予她帮助。而宋青虹的家庭条件不错，经常买一些食物给元元，还主动递给他求爱的纸条。因为梅元元是个追求上进的男孩子，没有顾及这些事情，就推脱说等以后考上学了再说。随后，就是高考、读大学……宋青虹满口答应。

很快，宋青虹开着车找到了"好望角"酒吧。

宋青虹还是过去那大咧咧的样子，见了梅元元，俨然像大姐姐，说他长高了，但也显瘦了。也许是失恋的心情作怪，今天的梅元元真的有了一种从未有过的冲动，见了宋青虹显得很开心。他高举酒杯不断地与宋青虹碰杯，顷刻间他就喝得一塌糊涂。他说自己上高中那会儿，对宋青虹还是很有好感的，只是自己总想着能金榜题名混个名堂，可惜上了大学又如何呢？如今还不是受制于人，还不如她一个做生意的人呢，像她如今腰缠万贯要风得风要雨得雨。提起上学时光这勾起了宋青虹的回忆，她突然想起了那时的一件事情，说："元元，你那时好坏呀，有一次，你从公园的湖中逮了一只大蛤蟆，放进了我书桌的抽屉，等我打开一看，差一点晕过去，当时要是将我吓死了，今天咱们就没有机会见面了。"

接下来两个人越谈越近乎，手舞足蹈仿佛忘记了身在何处，宋青虹就问梅元元谈女朋友了没有？只见梅元元"哦"了一声说没

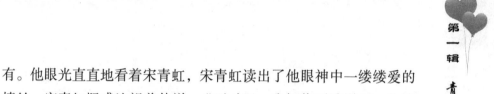

有。他眼光直直地看着宋青虹，宋青虹读出了他眼神中一缕缕爱的情丝。宋青虹疑惑地望着他说："不对吧，我好像听谁说过，你谈了一个女朋友，长得很养眼啊！"而梅元元红着脸向宋青虹再三表示，说自己要是谈了是个大王八。此时的宋青虹忙又岔开了话题。两人吃过饭后，宋青虹送梅元元回了租住房。在临进门的时候，宋青虹说自己今天还有一点事情，就不进去了。梅元元十分失落地问她，有什么紧要的事情如此着急？宋青虹说她还要去向一位朋友复命。梅元元有点好奇，说是什么人能让她这样操心，而不愿进他的房间？

宋青虹一本正经地说："这个人你也认识，她就是钟雯雯。"

"什么？是雯雯？"梅元元有点困惑不解。

"对，就是她。"宋青虹幽幽说道，"就是她让我来'关心'你一下，顺便打听一下你是否有了'新欢'。得知你没有，那我和我男朋友的这位小表妹就放心啦！"说罢，同时还向梅元元做了一个鬼脸。

这时梅元元猛然间酒醒了，他一直看着宋青虹得意地匆匆远去，一句话也没有说出来。

甘心做妻子的俘虏

这几天的柳华强简直忍无可忍了，每逢晚上他要放松一下心情上网打游戏的时候，妻子冷玉凤总要无端地骚扰他，一会儿想上QQ与网友说几句，一会儿又要查找资料，弄得他玩得很无趣。这天晚上，柳华强正玩得带劲，冷玉凤不看电视了，走过来说想听一首歌，他只得忍着气起身让位，说："你玩你玩，我离席。"

说实话，柳华强知道妻子脾气犟不好惹，也不想给她来硬的，就一个人下了楼，索性去了附近一家网吧。在这里他可以自由地发泄，成为一个真正的"CS英雄"。当然玩倦了他也会上一会儿QQ，一来二去就认识了网友"红尘无痕"，经过一段时间的接触，柳华强感到自己渐渐喜欢上了红尘无痕，甚至有一种相见恨晚的感觉，甚至利用单位出差的机会，和相临百余里的宛城市的红尘无痕见了一面，当晚还在一家宾馆开了房。

不知是哪位名人曾说过，在男女情事上，女人的嗅觉是最灵敏的。冷玉凤也毫不例外，她感到近一段时间，在两个人的私事上，柳华强没有了以前男子汉的雄风，多数时候总是敷衍应付，这让她感到很恼火。尽管冷玉凤是一个急性子人，但是对待这件事情她还是比较冷静的。她从侧面仔细观察，终于从一件事情上找到了蛛丝马迹……那天上午，柳华强又说要去宛城市出差，临走的时候，妻子冷玉凤还满面笑容地与他吻别，千叮咛万嘱咐地让他为单位办好事早点回束。而柳华强也向冷玉凤表示，这次出差回来，一定要为她买一份礼物，送她一个意外的惊喜。

冷玉凤装做很娇媚地向柳华强表示感激。

结果等到他走后，冷玉凤就请一位自己的小姐妹悄悄跟随柳华强到了临近的宛城市。原来柳华强这次来，根本不是出差，而是他与小情人红尘无痕的一次秘密幽会。这位小姐妹也挺实在，把自己所了解的情况都通报给了冷玉凤。冷玉凤就让她暗中拍两张他们两人的亲密照片提前带回来。

三天后的那个晚上，等到柳华强回到家中，冷玉凤像是任何事情都没发生一样，为他接风洗尘，甚至做了满桌菜肴款待他。喝了两杯白酒后，柳华强从口袋里拿出来了一条纯白金的项链，亲自为妻子冷玉凤戴上。冷玉凤仍然是满脸带笑欣然地接受了他的礼物。

这个晚上冷玉凤始终很放松，她不断地为自己的丈夫柳华强夹菜斟酒，一杯杯与他相碰。这让与她生活了五年的丈夫柳华强感到有点惊讶，想不到妻子是如此的宽容大度。

冷玉凤喝得粉脸如黛楚楚动人，她再次与柳华强连碰三杯，放下杯子，望着柳华强问道："华强，我与你结婚五载，你认为我对你忠诚吗？"

此时的柳华强打了个激灵，今天的妻子怎么如此唐突地说这种话呢？他实在不知她葫芦里卖的什么药，就忙讨好地说："玉凤，你今天是不是酒喝多了？怎么会问这些不着边际的话呢？"冷玉凤说她既然问就有她的道理。

柳华强的大脑里在飞快运转，他在想今天的冷玉凤为什么像是变了一个人？蓦然间，他的心中生出一种歉疚感。平心而论，冷玉凤除了性情直爽一点，其他各方面都不错，在肉联厂做着一份比较苦累的工作，回到家里还得操持家务，一件新衣服也舍不得买，有一口好吃的都不会忘记女儿丹丹和他。不等回答，冷玉凤作了自我检讨，她说她的确是性格粗暴一些，但是，一切都是为了这个家，

以后她会改掉许多毛病，尤其是家中唯一的这台电脑，今后就由他来支配，由他玩，但是，希望他以后再也不要去网吧上网了，那样会浪费钱。

一看冷玉凤如此诚恳，柳华强一脸惶恐地说道："玉凤，我，我平时对你照顾不周缺少沟通，今后我会做个好丈夫的。"

"好啦。"冷玉凤站起身说，"今晚我真的喝多了，有机会我们再慢慢说。"然后就去睡觉了。

第二天，两人照常上班。

就在三天后，柳华强无意中在立柜的抽屉里发现了两张照片，上面是他和红尘无痕的亲密合影。这是真的无意或是上帝的安排？做贼心虚的他悄悄把它藏起来了。可是冷玉凤却从没有问起过这件事，像是从没有发生过一样。

从此，柳华强彻底与红尘无痕断绝了一切联系。在内心深处他知道，冷玉凤越是不指责他，才越使他感到万分内疚。正是妻子这份挽救家庭的真诚之心，才使他心甘情愿做了她的俘虏。

我的后背你做主

这天，林丽又早早地来到了劳务市场，将一个写有"家教，英语四级"等字样的牌子放在面前耐心地等待。

一直等到快中午时，她的面前才来了一位西装革履的中年男子。这人来到林丽面前，两只眼盯着她，看了好一会儿才说："你叫林丽？"

林丽忙站起来微笑着点了点头。忽然，又觉得不对劲，他一个陌生人咋会知道自己的名字呢？接着便反问道："你咋会知道我的名字呢？"

来人并没有正面回答，而是说："你只干家教，做不做其他活呢？我们老板每天开200元工资，你干不干？"

大三的林丽来自秦岭的贫困山区，父亲死得早，多病的母亲将她和弟弟拉扯大，她决定暑假不回去，在这座城市打工赚点儿钱，减轻妈妈的负担。可连续几天在劳务市场找活儿做，一直也没有遇上合适的。

一天200块？会不会是……林丽有了警觉。

来人看到她怀疑的神情，笑了笑说："你不用怕，我们可是正规的公司，决不会强迫你的。"

原来，他们的公司叫海天艺术广告公司，不但拍广告、电视，还为一些厂商做宣传、弄策划、搞促销。

这次他们又搞了一项新的营销活动，非常有创意，就是在夏季

来临之际，利用美女的后背打出一项具有前卫意识的广告，为华龙商场一款露背裙装做宣传。林丽必须穿上他们商场的无后背的露背裙装，在省城几条主要大街上徒步走动，每天上午三个小时，报酬是200元。

好事来得太突然了，这让林丽觉得蹊跷，于是她多了个心眼，向来人说，容她再好好想想，等两天后再回话。

这人见林丽有些犹豫，耐心地开导说："像这样的机会并不多，再说，我们的招聘条件是十分严格苛刻的，希望你要把握好这次难得的机会啊！"临走时，这位先生给了她一张名片。

这一天200块钱，一个暑假就是一万多元，不但个人的生活费解决了，就连弟弟的学费也有了。见到同宿舍的室友尚琴，她说了今天的奇遇。

尚琴支持说："这可是千载难逢的机会，你千万不能错过，一旦这项别出心裁的广告产生好的效果，说不定将来你毕业后还能被公司录用呢。"

尚琴怕她打退堂鼓，决定与她结伴，一起去那家公司。

第二天，林丽就打电话给那位叫赵志峰的先生，说自己同意上这项广告，不过她还请求带上一位同学一起去。

赵先生最终同意了，让她们马上去签合同。

第二天，林丽和尚琴经过海天艺术广告公司一番精心的包装，背部打着广告，穿着露背裙装，便走上了大街。

要论条件，林丽个头稍矮些，没有尚琴苗条；论皮肤，与尚琴更是差远了。

但赵先生说，他们选的就是她朴素的气质，这一点很重要。

经过化妆师的精心设计，林丽穿上那件无后背裙装，显得非常漂亮，洁白的后背上用五彩画笔书写了八个大字：无背裙装，领先时尚。下面还有商场的电话号码。

林丽跟着风姿绰约的尚琴，走在繁华的大街上，引来了无数人行注目礼。

人们觉得好奇，跟着看，后来，一拨又一拨的人像看猴戏一样地围着跟着，还不时地说着刺耳的话："哟，穿得那么露！好招摇啊！"

撑着一股劲，林丽总算熬够了三个钟头，回到宿舍后，她就给赵先生打电话说不干了。她不希望别人指着脊梁骨说三道四。

第二天，尚琴一个人仍然坚持着走上街头。

很快，赵先生来找林丽，他再三强调这一次就是一个良好的开端。可是她低着头就是不说话。

赵先生亮出杀手锏，决定给她加薪到每天 400 块钱。她思来想去，家中弟弟要用钱，自己开学之后还有一大笔学费和生活费的开销，没有钱怎么办？最终她还是同意了。

林丽每天加薪到 400 块钱，而尚琴仍是原来的数目，两天后尚琴推说有事不干了，公司也没有留她。

看到自己得到公司和赵先生等人的器重和信任，林丽实在没理由不干下去。

家离这里几千里远，但其实在这个城市林丽还有一个亲戚，舅舅——妈妈的同父异母兄弟沙作为。

姥爷在世的时候，沙作为的亲妈对母亲沙作芬不好，沙作为也对同父异母的姐姐没有好脸色，还设计让姥爷毒打过沙作芬，甚至将她赶了出去。父亲去世后，沙作芬出嫁，再没有回过娘家。

沙作为有愧于沙作芬，总想做些弥补。他到省城打工，从做小工起家，没几年就开了一个装修公司，成了大款。可沙作芬与沙作为母子断绝来往，拒绝他们的接济。

林丽也是一个有志气的人，将舅舅送来的学费和生活费全部退还给了他。

眼下，没有了顾虑，林丽想既然接了工作就要做好。她跟公司一位舞蹈老师学习，还特意练习了模特的走步姿势，一个人走在大街上，举手投足优雅大方，姿态自然而且优美。

公司也善于宣传，为她设计了许多合适的发型和配饰。林丽出名了，被市内报纸赞为本市"表演行为艺术第一人"。

不久，公司拍广告片，又请她担纲主演，给了她五千元的酬劳。夏天过去后，林丽有了两万元的进账。

合同到期了，赵先生语重心长地说："林丽，其实你并非唯一的人选，知道我们为什么最终还是选中你？"林丽摇了摇头。

赵先生道出了其中的隐情：这次让林丽来做广告宣传，实际都是她的舅舅沙作为精心策划的。

原来，林丽和她母亲拒绝接济后，沙作为听他的朋友海天艺术广告公司的老总说，打算在夏天到来之际，推出一项别开生面的广告策划，利用美女的后背为华龙商场的露背裙装做宣传，他就说这次雇用模特儿所花费的钱，他全部包了，但条件只有一个，在不影响整个活动的情况下，必须让他的外甥女来做模特儿，而且还不能让她知道是他出的钱。

更让林丽想不到的是，室友尚琴是个"卧底"，她是舅妈表哥家的孩子。

尚琴知道林丽心中的别扭，一直没有说破这层关系。她配合沙作为做工作，先带林丽锻炼胆量，使林丽走出了这艰难的第一步。之后，为了不喧宾夺主，她甘愿隐退，让林丽一枝独秀大放异彩……

林丽的心头一热，想不到为了这份工作，竟有那么多人在默默帮着她，她也真正理解了舅舅的一片良苦用心，相比而言，自己身为大学生，是不是也太小肚鸡肠了？

这会儿，她心里最想做的事情就是马上给舅舅打个电话……

活着真好

华灯初上，当路一玉走进喜洋洋酒店的时候，心情没有一点喜色。他要了七八个好菜，开了一瓶四百多元的五粮液自斟自饮起来。这会儿他是满腹怨恨急火攻心，眼看自己已经28岁了，与未婚妻谈了一年多，眼看将要在六一结婚，他的好友王成强仗着自己是部门经理有权、有钱，竟然横刀夺爱俘获了未婚妻的芳心，就这样自己的心上人却投入了别人的怀抱。所以，他决定今晚报复他，等喝完了这顿酒，马上就去未婚妻的宿舍理论一番，然后再找王成强拼个你死我活……

没过多久，一位服务生走过来问道："请问先生，您还有其他人要来吗？"路一玉乜他一眼回道："你问这干吗？"那位年轻的服务生喃喃自语："一个人怎么能要这么多好菜呢，能吃得完吗？"

此时的路一玉心里很不爽，说道："我吃不完关你屁事？闭上你的嘴巴。"小伙子讨了个没趣，只好悻悻地走了。可是还没有等他走多远，路一玉就喊他再拿一瓶五粮液。服务生小心翼翼地说："你要的酒还没有喝完，怎么又要拿啊？"路一玉此时简直有点愤怒了："我要酒给你钱啊！怕我不给钱是吧？"说着，他把一沓钞票甩在了面前的桌子上。

服务生慌忙离开了。

不一会儿，来了一位穿着考究的30多岁的男子，他走到路一玉的面前深施一礼，说道："对不起，刚才我们那位服务生惹您生气

了，我是这里的经理，姓惠，特向您致歉。"说罢这些，他很谦恭地问："请问您还有什么吩咐？"

路一玉瞪着血红的眼睛说："我，我再要一瓶五粮液。"

"好的，等你喝完了，我会马上让人送来的。"惠经理说完，又客气地问道："看样子你一个人很寂寞，我来陪你喝一杯，好吗？"

等了片刻，路一玉望了他一眼，点点头。惠经理坐下后，为自己斟上酒，像老朋友一样与路一玉碰杯，然后说："朋友，如果我没有猜错的话，你最近可能遇上了不顺心的事情，是吧？不妨聊聊，这样也可以释放一下精神上的压力。"

几句话一说，真的让路一玉感到了一丝心灵上的抚慰，他又回敬了惠经理一杯，道出了心中的苦水，说了自己打工的压力，说了那位朋友第三者插足和未婚妻的背信弃义……他实在不能理解的是，过去自己海誓山盟的未婚妻，顷刻间却将他一脚踢开另选他人。说到这里他悲愤至极，声称自己是一个顶天立地的男子汉，决不会甘受这等侮辱。他要实施自己的报复计划，自己不能愉快地活着，也决不能让他们自鸣得意……

真诚的惠经理一直坐在那里，听路一玉滔滔不绝地讲述，一直等路一玉说完，他表示了深深的同情和理解，但是，却对路一玉要报复的想法不予认同。他耐心地向他解释："你的未婚妻如今弃你而去，说明你们的缘分已经走到了尽头。夫妻恩爱体现的就是两情相悦，她现在不爱你了，那你还有什么要留恋的呢？如果你要去报复，不但害了别人也害了自己，那更显示出了你的愚昧和不理智。"

"你说我该怎么做呢？"此时的路一玉有点儿于心不甘，"我实在不能忍受这种窝囊气，我不会让他们的阴谋得逞。"

"如果你这样想就错了。"惠经理继续说，"前不久的玉树大地震你从电视上都看到了吧？一场突如其来的地震，顷刻间夺走了好多人的生命，有一位十多岁的藏族女孩失去了好几位亲人，当她被救后说得最多的话是‘活着真好’。所以说，你的这点事儿与遭受地震的劫难者相比真的不值一提。"随后，惠经理讲了几件自立人生鲜活的例子……

"活着真好!"这句话深深地触动了路一玉，蓦然间他醍醐灌顶，像是明白了许多道理。认真想一想，是啊，有什么能比人的生命更重要呢？

他们又聊了好长时间，彼此聊得很投机。就在离开这间喜洋洋酒店的时候，路一玉向惠经理表示了深深的谢意："惠经理，谢谢你对我的耐心解释和开导，才避免我差一点儿做了傻事。"

"欢迎你今后多来我们酒店做客啊。"惠经理又神秘地向路一玉说道，"哦，我忘了告诉你，我不但是这里的经理，还是一个有资质的心理咨询师呢!"

走出喜洋洋酒店，路一玉一遍遍念叨着那句‘活着真好’的话，它仿佛像一盏明灯照亮了他有点狭隘的心胸。他坚毅地向前走去，前面的大街已亮起了一片绚丽的灯火。

回魂掌

风疾闪寻找了十年才得知师妹叶嫣然竟然削发去了天魔山的慧寂庵，他便寻上门去。等他说明来意，一位自称静灵的师太嘴里念着佛语双手一拜说："施主请回吧，静心（叶嫣然的佛名）一心向善，六根清净，归隐佛祖，再不会与俗人交往了。"

眼看日头已落西山，风疾闪转动了一下眼珠暗想：此地是庵堂，自己身为大男人在此多有不便。他就隔着门向静灵表白，说叶嫣然实在不想见他也就罢了，他央求静灵师太代为传话：十年前在桐寨山庄，他与师弟小柱子的那次打斗纯属误会，请她原谅。说罢仗剑离去。

当年，风疾闪和小柱子都拜在回魂掌的掌门人叶轩礼的门下，两人习武都算用功。但是，小柱子做事踏实，而风疾闪总爱耍点小聪明，想得到师傅叶轩礼的垂爱，以便早日得到回魂掌的真传，以此博得千金小姐叶嫣然的好感而成为叶帮主的乘龙快婿。可叶嫣然对他总是不热不冷，反而对小柱子倒是十分喜欢，这让风疾闪心里很不快。

有一回，师傅让他们二人到后山的演武场习练回魂掌中的气旋功。何谓气旋功？就是让小柱子运气后，他操一只木棒砸向小柱子的头部。可当小柱子大喝一声之时，风疾闪的棒槌却没有落下，这下导致小柱子血冲天灵盖受了内伤。小柱子静养了月余，功力大不如前。

见小柱子功力受挫，那天，当着叶帮主的面，风疾闪提出要和小柱子比武。叶帮主沉吟了一下，说小柱子的伤还没有痊愈，比武只能点到为止。两人比赛的时候，小柱子执刀，风疾闪仗剑，两人斗在一处。开始灵活多变的小柱子只是以守为攻，还能勉强应付，战了十多个回合之后就显得力不从心。此时，趁着小柱子一愣神的功夫，风疾闪瞅准破绽挥剑削去，一下子将小柱子的右臂骨节砍伤，造成小柱子右胳膊扭曲变形。由于受伤严重，小柱子只好回了老家。虽然风疾闪留下来了，但师妹叶嫣然对他怨恨不已，随后赌气出走，从此不见了踪影……

颇有心计的风疾闪下山后，寻一饭馆吃了点饭，趁着天黑又潜回天魔山的慧寂庵。

入夜，三更鼓打过，诵经堂内青灯孤影，有一位尼姑跪坐蒲团闭目诵经。风疾闪从侧身看出此人应该是叶嫣然，他从后堂的侧面闪身疾步来到了她的身后。

"你可是风疾闪？"尼姑的声音低沉而严厉。

风疾闪一看，竟是白天见到的师太。

这时，师太用那更加严厉的语气说道："你深夜私闯庵堂，犯了庵规，该当何罪？"

风疾闪便解释，说自己一时想见叶师妹心切，求师太宽谅。师太就问她为什么非要见静心？风疾闪说自己一直爱慕着她，希望让她还俗共结连理白头到老。

师太悠悠地说："静心说对你甚为了解，她不会相信你的鬼话的。"

风疾闪就赌咒发誓，让叶师妹放心，他会一辈子对她好的。

师太所问非所答："她听说你苦练回魂掌，有独霸中原的野心，是吧？"

风疾闪嘿嘿一笑："此话差矣，习武之人想让自己的武艺精进，

这也都是很自然的事情，怎能妄说野心呢？"

"不会那么简单吧？"师太冷冷一笑，"恐怕你在乎的并不是静心，你在乎的是她们叶家那本《回魂掌秘籍》吧！"

这会儿的风疾闪有点不耐烦了，说："我来求你，是看得起你，你怎能信口雌黄胡言乱语，可不要惹我不痛快，掀了你的庵棚。"

师太就说："你的狐狸尾巴终于露出来了。"然后她冷哼一声，"你今晚与我过上三招，如果你赢了，就将静心带走，如果你输了，保证离开慧寂庵，永远不要烦我。"

听完师太这样说话，此时的风疾闪有点好笑，就放言："我要是与你过招，你败了可不要说我七尺男儿欺负你一弱女子。不过我可以让你前三招。"然后就声称让她出招。只见师太一个旱地拔葱飞上屋梁，然后使出饿虎扑食飞蹿下来。这时的风疾闪仓皇应付，虽然那一腿擦身而过，但让他感到力道很大，的确不敢小觑。第二招，师太像土行孙似的顺地一个翻滚，使出连环扫堂腿，风疾闪应招躲过。不等喘息，师太又泰山压顶般挥掌劈去，此时风疾闪一个踉跄后退丈余开外，顺口说出："回魂掌！你怎么也会此招儿？"

只见师太用手在脸前一挥，说道："哈哈，风疾闪，你看看我是谁？"

那风疾闪瞪睛一瞅，竟是他正要找的叶嫣然，原来她使了易容术。不等惊愕莫名的风疾闪说什么，叶嫣然便讲了下去："风疾闪，你还配来找我吗？当年，你处心积虑地伤害了小柱子师兄不算完，等他回老家后，又找人暗算于他。我知道后悲恨交加愤然出走，后听说第二年我的爹爹也抑郁而死。爹爹临死的时候并没有告诉你《回魂掌秘籍》放在什么地方。你便想办法找我，妄想骗到秘籍，等学成之后再称霸中原武林……本来我念起咱们本属同门，想不到你野性不改，千方百计又寻到这里，好吧，我就给你留下一个印记，希望你能魂回来兮。"说罢，只见叶嫣然念了一句咒语，然后一个凌空飞起，手起掌落对准风疾闪的右腿劈去。只听风疾闪"哎呀"一声倒在地上……

　　当晚，风疾闪忍着剧痛，一步步挪下山去。

　　几日后，叶嫣然一把火烧了慧寂庵，带着几位姐妹，从此浪迹天涯不知所踪。

美丽的误会

宛城市卧龙路与解放路交叉口有一个电话亭，兼卖报刊、烟酒等，主人是一位三十多岁的妇女，姓蔡，人们都称她为蔡大嫂。因为她平日待人热情豪爽、平易近人，凡是到这里打电话或购物的，她都是笑脸相迎；如果是男的来了，她还会拿出香烟相让，所以附近的人们都喜欢到她这里买东西。

这天，在附近一家工地干活的农民工巴春友，趁干活的空档赶过来，忙掏出十元钱要买一盒红旗渠烟。蔡大嫂见了巴春友忙打招呼，随即从柜台里取盒烟递给他，然后接过他手中的十元钱，又找了五元零票，顺手又把十元钱随同零票一起交给了巴春友，接着又忙着应付其他顾客去了。而这时的巴春友也没在意，随手将蔡大嫂给的钱和烟塞进了裤子口袋后就匆匆离去。

当巴春友在干了半天活要吸烟时，这才发现蔡大嫂多找给了他十元钱。巴春友心中感到愧疚，蔡大嫂经营电话亭也不容易，况且人家待咱不薄，应该给她送回去。不过，他回头又一想，本来咱农民工在城里人的心目中印象不是太好，如今过了半天才给她送回去，她是否会怀疑自己一开始就有贪钱之嫌而更小看我呢？思来想去他决定暂不送给她，他可以在她那里加倍消费慢慢弥补回来。

之后，他有事无事就到蔡大嫂的电话亭来打电话。

开始，蔡大嫂见他来打电话有点不解，问："你不是有手机吗？咋还用公话？"

巴春友就说我用手机打长途每分钟三毛，用你的公话每分钟只要二毛五，便宜。蔡大嫂就没多说什么。

每次巴春友来打电话，一打就是十多分钟，说的话都是些鸡毛蒜皮的小事情，蔡大嫂怕浪费话费就催他快点结束。而巴春友就意味深长地说道："蔡大嫂哇，你做生意总不能把钱往外推啊！"蔡大嫂想想也是，只好依了他。

有一天晚上，巴春友又来打电话，他摁了号码打了起来："喂，你好哇！大嫂。"

对方也礼貌性地说："你好！"

然后，他就荤荤素素的都来了："大嫂，家里活儿忙吗？"对方"嗯"了一声。

巴春友继续说下去："你家我大哥在这里，你一个人不会感到寂寞吧？"

对方仍然是"嗯"了一声。

巴春友继续发挥下去："不要紧，等这段时间一过，大哥就会回去的，你可要照顾好家和孩子，照顾好你自己……"之后，说的话就让人听得头皮发麻。

忽然，对方女士打断了他的话，有点不快地问道："你还有完没完？"

"咋的啦？我说的话不中听啊！"巴春友又换了个姿势继续唠叨下去，"黄大哥给我说了几回啦，他很快就要回去看你的，哈哈，还真怕你这苗条漂亮的美人红杏出墙哪！"

"够了，你不要再说下去了。"

对方女士越是这样说，他才感到越开心："是不是点到了你的疼处？"

"你，你要再说下去，我要报警啦！"女士最后那愤怒的声音就连蔡大嫂也听得很清楚。

这时的巴春友洋洋得意地说："咋啦咋啦，大嫂，我给你开个玩笑，用得着这样激动吗？"

稍后，对方就愤愤地问他说的黄大哥是谁？巴春友就报了他们工班黄大哥的名字。对方说她根本就不认识这个人。巴春友就认真查了一下电话号码，原来他拨打的电话号码竟然错了一个数字，而且接电话的是湖南人，而他们是中原人。一看闹了笑话，他忙向对方赔了不是，匆忙挂断电话。

一看出了这等尴尬事，蔡大嫂也知道个八九不离十，她玩笑似的问："小巴，你该不会是想打你黄大哥老婆的主意吧？"

此时的巴春友显得很尴尬，低着头想了一阵后，从口袋掏出十元钱交给了蔡大嫂。蔡大嫂接过钱问他要买啥？巴春友就说不买啥。蔡大嫂更是想不通："不买东西你给我钱，发的是哪门子神经？"巴春友就说了上次他买烟她多找钱的事。蔡大嫂一听哈哈笑起来："原来是这样的事啊。人有三昏三迷，出点'小差错'也是常有的事，可不必较真啊。你不是也利用空闲为我家补地板砖、修过墙面不要钱吗？我这全仗是请客了。"

哦，蔡大嫂的意思巴春友有点明白了，原来上次她是故意那样做的啊。说着话，蔡大嫂从柜台里拿了两盒红旗渠烟递给他，说："这钱我收下，不过，这两盒烟你得装着。"

巴春友木呆呆地接过钱，想了想说："蔡大嫂，这钱我不能要。"随即，他"啪"一下把钱甩到了蔡大嫂的柜台上，扭过头大步流星地走了。

蔡大嫂见巴春友匆匆而去，她在后边连声呼喊："小巴小巴，你这人真死心眼啊，是不是以后不想到我这里来打电话啦！"随后，就传出了她一阵爽朗的笑声。

心形陶瓶

我认识陈克是在宛城一家再回首陶吧。那天，我要去蔷薇商厦买一件紫色的套裙，路过这里就进去看看。正好进去的还有一位男生，他上下打量了我一阵，自言自语地说："好像啊！"我这才留意看了他一眼，觉得在哪里见过。后来他就主动与我搭话，方才知道他也是宛城大学的学生，只比我高一级，一来二去我们就相恋了。

尽管是毕业生，陈克仍然抽出足够的时间陪我，之后，我们多次来这家曾见证爱情的再回首陶吧，也曾在欢乐甜蜜的气氛中，做过好多模样虽然丑陋却让人开心的器物，诸如陶瓶、陶碗、笔筒、小狗等。平心说，我们对陶吧的认识，也多是在看了美国电影《人鬼情未了》才逐步了解的，所以，我们喜欢在这种温馨雅致、清新怡人的环境里度过美妙的时光。

可惜这种曼妙的日子好景不长，就被突如其来的意外事情所毁灭。

陈克竟然不顾对我感情的伤害，一直躲避我，无论我怎样打电话他一概不接。无奈我决定采取措施来问个究竟。在他一次经过图书馆的时候，我第一次大胆地截住了他，质问他为什么如此绝情绝义始终不见我。他支吾了半天，才说出了心中要说的话：他不喜欢我这种过于文雅、秀气、内敛的女孩子，重新找了一位天真活泼、性格外向的女生。这不啻于一声闷雷炸在我的头顶，几乎将我击晕。我在宿舍里躺了两天，经过老师和要好同学的劝解，才使我重

新振作起来。而且，我还发誓，我要报复夺走我心中之爱的那个她。

经过详细的打听，方才知道她叫董娟，与陈克是一个班的同学，担任着班级的学习委员。只是她长得很像我。那一段时间陈克一直在拼命地追求她，而她重视学习，不想过早的谈情说爱，便拒绝了他。当时失恋的陈克为了填补心中的失落，意外在再回首陶吧与我相遇，由于我与董娟长相相仿，便与我谈起了恋爱。之后，当董娟得知详情，感到心有愧疚，其实她一直也爱着陈克。她便主动找陈克言和，两人便走到了一起。

当了解这些情况之后，我再没有了报复董娟的勇气，反复思索后，我才认为他们两人才是真正的一对。

我只好把这杯苦水吞下肚去，以拼命学习来忘却过去与陈克相恋的那些生活片段。

可是我不争气的大脑总是会想起陈克，想起往日苦涩而甜蜜的记忆。室友刘然就多次地解劝我说："方萍，你怎么这样傻呀？为何偏要去想那些不如意的事情呢？你应该做到拿得起放得下才好，既然陈克把你甩掉了，你就该把他从你的记忆里删除。"

可我带着哭腔说："真的，刘然，我做不到啊！"

刘然就毫不客气地骂我是痴情鬼。我说我也不想做痴情鬼，但是，我怎样才能将他忘记呢？刘然就说："你可以多做事情啊！这样的话把心占着就不会想那么多了。"

还甭说，刘然这一招还真灵。我每天不上课的时候，就到图书馆里读报看书，读得如醉如痴废寝忘食。那一段时间果然很奏效，我再不会想那个"忘恩负义"的陈克了。

日子像流水一样地过去，转眼到了仲夏。那天正好是一个星期天，我离开学校去取老家寄来的邮包。路过那家再回首陶吧，也不知是怎么回事，我的双脚鬼使神差地走进了陶吧，走进了那个曾留下我许多美好记忆的制作间。

　　这时的我关紧了门，打开 MP3，放响了电影《人鬼情未了》的主题曲《奔放的旋律》，那悠扬、抒情、优美的歌曲顷刻间回荡在小小的屋子内。我拿起了那些我早已熟知的工具，一遍遍不停揉搓着面前深黄色的泥巴，心里突然冒出了一个念头：我要制作一个心形陶瓶，以后，我会放在床头的桌前，每天都会望它几眼。

　　我围上围裙，独坐在拉坯的磨盘前，是那样用心地揉捏着这深黄色的泥巴，将一份心愿和梦想都揉搓在里面。然后，我随意调节着磨盘转动的速度，先是徐徐地加速，随着开孔、扩孔、拉成筒状再修口，一件心形陶瓶的毛坯便成型了。尔后我放入一个圆形烤炉内，半个钟头后，携带着炉温的心形陶瓶就新鲜出炉了。

　　看着那已经呈现出紫褐色的心形陶瓶，我像守护着自己的婴儿一样，轻轻将她放在了台板上。这会儿《奔放的旋律》再次放大，回旋在整个坊间，我听着那深情舒缓的音乐，伴随着激越而又耐人回味的《人鬼情未了》的歌声，感到如梦如幻的灵魂在飞升，想到人世间有许多事情是无法实现的，我的泪水不由自主地从两腮悄悄滑落……

情天恨海

大学毕业在即，眼看再过半个月就要离开母校，车亚茹的男友计文海趁这段时间有空儿，决定先回南方老家广州，打探一下工作的情况，这样等他一回来，两人就可以一起去广州发展。

一天，车亚茹正在宿舍里整理着衣物和简单的行装，突然手机的铃音响了。她看了一下，是计文海发来的短信，他又有了什么好消息？车亚茹点开一看，只见上面是这样写的："亚茹，开始咱两人意见不合，这几天经过反复思考，我决定咱们还是去'分手'吧。"

车亚茹一下子呆如木鸡，想不到两人离开这么几天就忽生变故。是不是他回去后听了家人的劝诫，不同意她这个来自山区的女朋友啦？或是回到广州又找到了条件更好的姑娘？毕竟两人谈了三年半的朋友，一下子很难割舍这段恋情，她一时无法接受。不过她还是不死心，想问明这件事情的原委，就回拨了计文海的手机，谁知，他竟然关机了。

看来真的没戏了，车亚茹几乎有点绝望。她再没心思收拾东西就出了校门，来到附近的梅溪河畔。当她看到河边那几棵冬青树时，就想到了她与计文海许多个晨昏在一起的情景，不争气的眼泪刷一下流了下来。

也许女孩子在情感方面都容易激动，车亚茹控制不住自己，快步来到了不远处一家小店，买了一瓶啤酒咕咚咕咚喝完，然后走进相邻的文化路，第一次花高价进了名为叫破天喊吧的包间，关上门尽情地发泄一番。

那一会儿她又唱又叫又喊又跳，一会儿又坐在椅子上愣神，想想这个世界上还有什么情谊可言，两人相恋三年半，就这样一个短信就结束了，真的太残酷了。此刻，过去那一幕幕让人留恋的情景，不时在车亚茹的眼前闪现——两个人在梅溪河边晨读；傍晚她啃着糖葫芦与计文海在街上携手散步；两人一起去同一家做家教；两人身背背包去风绣风景区旅游……对了，提起这个风绣风景区，它是中原很秀美的一个四A景区，那里山势险峻群峰争峭，不但有湖泊、山溪，还开设有著名的水上漂流游乐项目。最有名的是那里还有一个情人崖，不知何时就有了一条长长的铁链，一直蜿蜒到崖顶，好多来自全国各地的信男信女到此会在铁链上锁一只爱情锁，以示对爱情的忠贞。那次他们因来此天已快黑马上要赶回去，可惜没有在上面锁上爱情锁。不过两人相约，等大学毕业的时候，他们两人再一起来这里实现这个心愿。就在前不久的一天，计文海还向她说过这件事，但是，却被车亚茹推辞了。她说毕业时正面临找工作的危机，顾不及不说，而且还要花费钱，就不同意他的这个决定，两人为此有两天没有说话呢。

一想到不说话，车亚茹就又想起了计文海，她觉得他是不是早有预谋？恰恰利用这个空档玩起了捉迷藏？忽然，她一个激灵站起来，心想：强扭的瓜不甜，既然计文海这样无情无义，我何不早一点离开学校，也可避免两人再见面的尴尬。

车亚茹离开了那家叫破天喊吧匆匆回到了宿舍。

谁知她刚一进门，室友刘心怡看到她归来很是惊讶，说："亚茹，你到哪里去啦？班主任崔老师刚才还在找你呢！"不明就里的车亚茹就问崔老师找我干啥？刘心怡说："具体事情你快去找他再问吧！"

疑心重重的车亚茹匆匆推开了崔老师的屋门。

崔老师看到她惶惶地问道："车亚茹，你刚才到哪里去了？"

车亚茹就把刚才发生的事情跟崔老师说了。崔老师捣着她的头不无抱怨地说道："你呀你，出了这样的事儿也应该跟我说一声啊！对了，刚刚我让几位同学去找你，你看到他们没有啊？"

车亚茹摇了摇头。

崔老师又问："我给你打电话你为什么不接呢？"车亚茹神情低沉地说关机了。崔老师焦急地说："难怪计文海给你打电话你没有接呀，原来你是关机了！"随后崔老师就跟她解释说，计文海几次催问是那么焦急，实际是车亚茹误会了他。

听到崔老师说到这里，车亚茹愤慨地说："崔老师，你不要听他装样子了，他实际是一个现代的'陈世美'。我生在农村，家庭条件不好，而他家住广州，俺也不指望高攀他。"

"车亚茹同学，请你不要怨愤不迭了，"崔老师点化道，"请你打开手机看看他给你发送的短信。"

此时的车亚茹疑惑地望了望崔老师，便开通了手机，看到上面果然有计文海发来的短信："茹，刚才我点错了字，误把'风绣'说成了分手。希望我们一起去风绣风景区的情人崖锁定情缘。海。"连续看了几遍，她的眼泪不由自主地流了出来，随后又破涕为笑了。车亚茹向崔老师说了一声"谢谢"快步跑出了屋门。路上她心想，如果再见面，她一定要用粉拳打得他一阵阵求饶。

远去的小米

自从贝小米和王倩毕业离校后，这对恋人就单独租房同居，雄心勃勃地打算在这座城市发展。可是两个人都没有找到合适的工作，为此，王倩很着急。

这时，贝小米就安慰她活人尿憋不死，然后就信心十足地背上吉他去了市内的一些文化、娱乐部门，可惜一无所获，他们似乎都口径统一地不予聘用他。

这天晚上，王倩见贝小米回来后垂头丧气的样子，有点很不落忍，就建议说："小米，我们也不能太清高了，不如我们也找找朋友送送礼，先找份工作，暂时解决温饱问题再说。"

此时的贝小米想了想后，斩钉截铁地说道："不，我学的是艺术，我一定要找一份适合我的工作才好。"

虽然贝小米话是这样说，但是之后他偷偷背着王倩托一位老乡帮忙，在铁西区一家"悠扬喊吧"找了一份吉他伴奏的工作，而对王倩他就说是应邀为一位市文化馆的朋友教教吉他。

连续去了喊吧两个晚上，看到那些挺着啤酒肚的老板、经理们趾高气扬、挥金如土、说话粗俗的做派，拉开狼嚎的腔调肆意唱歌的模样让他有点生气，这不是亵渎艺术又是什么？

这天晚上没有应约奏完，他就拂袖而去。

贝小米在街上一家酒吧喝个尽兴便回到租住房里。等到酒醒之后，不顾王倩的拉拽，他拿过吉他，不停地弹奏着一曲曲忧伤的歌曲，唱《寂寞在唱歌》、《搁浅》、《灰色空间》，也唱梁雁翎主唱的

《像雾像雨又像风》，他一遍遍地弹着、唱着，那伤感的曲调和歌声总能勾起人难忘的记忆。说实话，在与王倩相恋之前，他曾与低他一级艺术系的一位叫尚菊的同学相识。那是在一次学校组织的校庆文艺晚会上，尚菊有一个独唱节目，就是这支《像雾像雨又像风》，而主要配乐的就是他贝小米。因为双方要在一起磨合演练，彼此在深入的接触中无话不谈，后来就顺理成章地相恋了。

也许是天意，正当他们两人如火如荼热恋着的时候，尚菊遭遇飞来横祸。一个星期天，她在去郊外一亲戚家取东西的路上，被歹徒先抢后奸，报案后，一时间有关尚菊失身的传闻在校园被传得沸沸扬扬。他发了疯地去找她，而尚菊偏偏不知为何始终躲着他，任凭他百般寻找她却置之不理。这让贝小米很失望。刚好那一阶段班上学习正紧，他想放一段时间，等到她把这份羞辱忘掉后，他再去找她效果会好些。

可惜，尚菊再没有给他机会。

尚菊没有跟他打招呼就退学走了，好像在人间蒸发了一样。

贝小米只知道她是宜昌人。

所以，多愁善感的贝小米每每想起这件事，愧疚之情油然而生。实际王倩也很清楚贝小米心中潜藏的遗憾和苦衷，自他们两人认识后，王倩尽量不提及这件事，她怕触及他心头的隐痛。

两个人租房吃饭又没有收入，一直坐吃山空总不是长久之策，无奈，王倩就在一位本市亲友的相助下，退而求其次在市内某校做了历史教师。这起码有了一份收入，可以顾及两个人的生活。

这样却形成了反差，现在的王倩有了工作，而作为大男人的贝小米却要靠一个女流之辈去养活，这对于一贯性情孤傲的贝小米来说是莫大的耻辱。于是，他便借酒浇愁来填补自己心中的空虚。

随后，他与王倩分床而居了。

夜深人静的时候，他自然而然就想起了尚菊，她现在在哪里？她还好吗？由此他心中就有了一个想法。

在一个秋日明媚的夜晚，等到王倩上完晚自习回来，在简易的小桌上，贝小米摆上了他亲手做的五六盘菜肴，将两只高脚杯斟满了白酒，然后面带微笑将王倩叫至跟前，高举酒杯问道："倩，你跟着我不觉得忒委屈了吗？"

此时，听完贝小米这没头没脑的话后王倩一愣一愣的，她不知道今天的贝小米怎么会口出此言，久久地望着他不知如何作答。

"所以我只好以分床而居这种方式来惩罚自己。"贝小米继续说下去，"我太无用了，空有能弹会唱的本事，却英雄无用武之地。"停了停他又说："你可以想想，一个连自己心爱的老婆也养活不起的人，还算男子汉吗？"

王倩也有点激动地说："小米，请你不要想那么多，是金子总有发光的时候，我相信你，总有一天你会出人头地的。"之后，她还向贝小米建议，为了排遣寂寞，他不妨利用一早一晚的时间，去一些天桥上或者大桥下卖唱，一来可以做自己心爱的事情，再来可以收一些钱贴补家用，这同样也是一种锻炼自己的机会！

一听王倩这样说，突然，贝小米一口干掉了杯中酒，然后颓然坐在椅子上，他喃喃自语地说道："我竟然会落到了这种地步吗？"

这一晚，贝小米喝得酩酊大醉。

可是，当第二天王倩醒来，喊了一声小米，却不见他应声，她急忙起床寻找，却不见了他的影踪，只是在小桌上留下了贝小米的一封信。那信中是这样说的：小倩，你好！你知道我爱好民歌、民谣，尤其喜欢少数民族的歌曲，我想了很久，决定去一趟神农架林区，请原谅我不辞而别，你要多保重，吻你。贝小米，即日。

王倩看完这封信久久无语，自己已经怀孕两个多月，还没有来得及告诉他，他却离她远去，这时有一股伤感之情在她心中膨胀。突然，王倩忆起了贝小米经常唱的那支《像雾像雨又像风》的歌，有泪珠从脸上悄悄滑落，她在心里想：也许，他再也不会回来了。

为妈妈洗脚

菲菲是位娇娇女，已经是上初一的女生了，仍然是衣来伸手饭来张口。自从负心的小包工头爸爸弃妈而去，尽管做环卫工人的妈妈工资不高，但在生活上始终没有让她受委屈。就这样她还不满足，又与儿时的邻居玩伴佩佩攀比，也要上贵族封闭学校。为了这掌上明珠，妈妈只好满足她这一要求，不惜每月交两千多元的费用报了名。为此，妈妈只好在工作间隙去捡废品贴补家用

本想着她上了封闭学校不走读了，会独立自主学会照顾自己，可是，每隔一个星期回家，骄纵惯了的菲菲能将妈妈指挥得团团转，一会儿让妈妈做这，一会儿让妈妈干那，使得她妈妈没有一点消停的时候。

这天她一回来，就又坐在电脑前玩游戏，到了晚上她妈妈几次催她洗脚，她始终坐在那里不动身。无奈，妈妈只好将洗脚水端到她的跟前，又为她一把一把地洗脚。就在妈妈快要给她洗完的时候，菲菲告诉妈妈说，最近适逢春天，正是蒲公英生长的季节，她们的老师说，让星期天都要骑上自行车到市郊去挖蒲公英，并且规定每人一斤的任务，将来卖钱准备做勤工俭学之用。

妈妈一听说这好办，明天我下班之后骑上自行车去给你挖。

菲菲说不行不行，这次我们的王老师说必须个人亲自动手才行。菲菲说的王老师妈妈知道，他原先与妈妈是同班同学，在校时曾经追求过菲菲妈妈，那时美丽漂亮的妈妈很高傲，根本没有把他放在眼

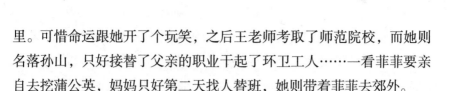

里。可惜命运跟她开了个玩笑，之后王老师考取了师范院校，而她则名落孙山，只好接替了父亲的职业干起了环卫工人……一看菲菲要亲自去挖蒲公英，妈妈只好第二天找人替班，她则带着菲菲去郊外。

到了青城山附近，还真看到不少蒲公英，当她们两人刚挖了不多的时候，却意外看到菲菲的王老师也来到了这里。一见面，他就批评菲菲妈妈说，怎么这么娇惯潘菲菲啊，原定是每一个人都要自己完成的。妈妈的脸立马红了，想不到如今的王老师仍然还是那样心直口快。她知道去年他的妻子因为癌症去世，还留下一个14岁的男孩在上学。

后来，妈妈又为菲菲辩解说，她们小孩子不认识蒲公英啊！王老师就说可以找来有关资料查呀，不然怎么叫独立自主地去亲近大自然呢！然后，王老师就手把手地告诉菲菲，蒲公英是多年生草本植物，种子上有白色冠毛结成的绒球，每到春天花开的时候，它的花絮就随风飘到许多地方孕育新的生命。它的根茎有清热解毒消肿止疼的作用，到了春天熬蒲公英茶喝，可以预防许多疾病。蒲公英同时含有蛋白质、脂肪、碳水化合物、微量元素及维生素等，有丰富的营养价值，可生吃、炒食、做汤，是药食兼用的植物。

经过王老师的一番讲述，让菲菲听得一愣一愣的，原来不起眼的蒲公英还有这么多作用呢。随后，王老师还为她讲解了什么是柴胡、车前草等，使她了解了许多从书本上学不到的知识。

懂事的菲菲一看王老师与妈妈在说话，她就悄悄一个人去远处挖蒲公英了。

这一天，菲菲在妈妈和王老师的帮助下，挖回了一斤多的蒲公英。

打那之后，妈妈有事没事都会去学校，隔三差五地给菲菲送东西，见了王老师少不了聊些闲话。

转眼到了六一儿童节，学校要搞娱乐活动，其中有一项就是

"给妈妈洗脚"，提倡自愿报名。开始菲菲根本没有这个打算，只是想到时候看看热闹就行了，谁知，王老师亲自找到她，说这也是一次亲近母亲的好机会，让她主动参加。菲菲只好勉强地答应了。

那是一个仲夏的晚上，学校的礼堂里灯火通明，在宽敞的舞台上，放着一排脚盆，有20位妈妈坐在脚盆前，一脸幸福地等待着享受儿女们对母亲奉献爱心。

一支《世上只有妈妈好》的歌曲之后，由王老师宣布了比赛的规程，看谁在最短的时间内，把自己妈妈的脚洗得最干净、最舒服，看谁让自己的妈妈享受到最惬意的爱心和最难忘的温馨。比赛过后将评出一、二、三等奖。

一声哨音过后，20位男女同学忙碌起来，他们要从舞台一侧的大桶内舀出热水，先要试试水温，如果热了还要在旁边的一个冷水桶内舀出凉水。可是多数同学所舀的水不是热了就是凉了，有的因为着急不是滑倒了就是碰翻了水盆……

开始的时候，菲菲也很自信，她先舀好热水端到妈妈的面前，用手一试好烫啊，随后她就又去加冷水，等到加了冷水后，又感到不是规定的水温，又要加热水，反复几次忙得她手足无措。等到加到规定的水温后，她亲自为妈妈脱去了袜子和鞋子，将妈妈的双脚轻轻地放到了脚盆里，一遍遍为妈妈揉搓着、拭抹着，这一会儿，想起了妈妈从小至今为她无数次地洗脚，她根本就熟视无睹不在意，总认为那都是应该的。如今她自己来为妈妈洗脚，感到了心中的一份沉重，妈妈真的活得不容易，在她9岁的时候，狠心的爸爸和母亲离婚，要强的妈妈拉巴着她慢慢生活……她心头一热，眼泪不由自主地流了出来。

此时，脸上流淌着泪水的菲菲抬起头望着妈妈，她看到妈妈的眼眶里也溢满了泪花……这会儿，王老师走过来，深情地看看妈妈，然后又望着菲菲，低声说："菲菲，从今天起，你终于长大啦！"

真的好想你

俗话说，人该倒霉，喝口凉水也塞牙。洪大喜就不幸遇上了这种事儿。这天，他所在的建筑工地在用吊机上梁柱时，因为水泥梁柱严重倾斜，洪大喜拼命扛住一角，使大梁安稳落下，而他却被一根支杆撬离木板，顷刻间掉下几丈高的地面，幸好在摔下的时候被一条防护绳挡了一下，否则麻烦可就大啦。送到医院一检查，他的右腿摔伤，好歹没有伤着骨头，也算是不幸中的万幸。

在病房里，领班的班长老蔡临走交代他说："大喜，你安心养病，不要心急，你这会按工伤处理的。不过，奖金肯定没有了。"

大喜就握着班长的手激动地说："蔡哥，谢谢你啦，我尽量要求快治，早点出去。"

经过两天的特级护理，病情安稳之后，大喜便被转到了普通病房。这时候，他就打发陪护的老乡晚上回去休息。

入夜，大喜一直睡不着，就想起了在老家的那些烦心事儿。

真的该着大喜倒霉。去年春天的时候，他的邻居吴天祥的老父亲因为精神病出走了。为了寻找父亲，吴天祥就去找有三轮的宋小柱帮忙，准备带人寻找。可惜当时车主宋小柱不在家，没有人开车。之后，吴天祥就想到了洪大喜，请他来驾驶大三轮车出山去找人。经不住好话相求，会驾驶技术的洪大喜就满口答应了。

车走到半途，不幸的事情发生了，在经过一陡弯时，洪大喜为躲避迎面而来的大货车，结果造成翻车事故，全车八人中有五人受伤，其中一位叫刘露的青年伤势严重，将面临瘫痪。

不到一个月，仅刘露治病就花费了四五万元。

不用说，刘露与吴天祥打了官司，这件事不但吴天祥难脱其咎，意想不到也殃及到了车主宋小柱和开车的洪大喜。鉴于刘露治伤和以后的各种费用，法院宣判要一次性赔偿他18万元。除了吴天祥要负责大头外，车主宋小柱要负担1.8万元，而开车的洪大喜也要支付3.2万。

帮了人还要贴钱，这现实令人难以接受，洪大喜只得打掉牙往肚里咽。在这个并不算富裕的小山村，这笔钱可不是个小数目，他只得告别妻儿，南下深圳打工赚钱还账……

为了早日还清这笔"冤枉账"，今年春节他也没有回老家，一是回老家要花钱，重要的是春节看工地，他可以得到双份工资。

一看他决定春节在深圳过年，妻子就打电话催促，说："咱不要这个双工资好吗？我要你回家看看。"

洪大喜颇动感情地回道："我也想家啊，可是我是男子汉，我要挣钱顾家啊！"妻子最后几乎是求他了："你不想我，难道你也不想咱们的儿子吗？"

听妻子提到了儿子，他的眼圈红了，忙推说有事就挂断了电话。他忍受不了这种心灵的煎熬……所以这次出了意外事故，他也没敢告诉妻子，怕她担心。

一个星期后，老蔡来了，除了带来了兄弟们让送来的水果、补品之外，他还给洪大喜捎来了一个MP3音乐盒，上面不但有许多好听的歌曲，其中还有一首周冰倩唱的《真的好想你》。

此时，洪大喜除了向老蔡表示感谢，又说："蔡哥，你也知道，我这只是一点皮外伤，再等几天我想出院。"

"你真是傻呀？"老蔡不解地说，"在这里有吃有喝，又有钱拿，你回工地干啥？"

而洪大喜就向老蔡解释说："我是干活人，在这里整天歇着不

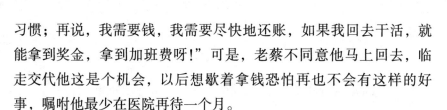

习惯；再说，我需要钱，我需要尽快地还账，如果我回去干活，就能拿到奖金，拿到加班费呀！"可是，老蔡不同意他马上回去，临走交代他这是个机会，以后想歇着拿钱恐怕再也不会有这样的好事，嘱咐他最少在医院再待一个月。

无事的时候，洪大喜就一个人听着 MP3，听着那支他十分喜欢的《真的好想你》，而且还跟着学唱。可是每次听着唱着，他就想起了妻子，就有了要马上回到工地的冲动，因为，他越是想自己的妻子，他就越想尽快地去挣钱，尽快地还上账回到妻子的身边。

在一个清新明丽的早上，洪大喜自作主张，偷偷回到了工地，他实在享受不了待在医院的这种待遇。见了面，老蔡捣着他的头连连抱怨："大喜啊，你呀你，你的脑子是不是缺根筋？这回我算服了你。"

就在这天晚上，他意外接到了妻子的电话："大喜，你出了事儿，为啥不给我说一声呢？要不是老乡无意中在电话里说了，至今我还蒙在鼓里呢！"

大喜幽幽地回道："我还不是怕你担心吗！"

妻子就娇嗔道："你好长时间不给我打电话，才真的让我担心呢！"随后两人聊了几句家长里短的话后，妻子又道："你知道我最近最想做的事儿是什么吗？"洪大喜说不知道。"呵呵，"妻子说，"我最近夜里突然喜欢上了听歌——"

"听歌？"突然，洪大喜打断她的话说："那你让我猜猜好吗？"然后他猜了《十五的月亮》、《望星空》，猜了《常回家看看》，却都被她一一否认了。

这时妻子就说："你猜不中，那就让我放给你听吧。"

少顷，电话听筒里传出了周冰倩那深情柔婉的歌声："真的好想你，我在夜里呼唤黎明……"听着听着，洪大喜的眼泪止不住地流了下来……

跳出来的价值

大学毕业的梅林回到父母的身边，每天穿着一套健美服出去转悠。回来后，梅林的爸爸梅华杰就问他，你是不是出去找工作啦？他就乐呵呵地说："不急不急。"梅华杰就在一旁自言自语道："你找不到工作，总不能在家里做'啃老族'吧？"见爸爸这样说话，梅林有点不高兴："我的事儿不用你操心。"说罢就使气儿回自己的房间了。

一看梅林不听他的劝告，梅华杰决定弄清楚他出门的目的。第二天趁梅林出门时，他就像一个侦探一样地在后边跟踪。这一打探却差一点儿让他背过气去，原来梅林每天出门后，就找到另外两名同学来到沙河畔的沿江大道上跳街舞。他们一会儿扭腰撅臀，一会儿拿大顶翻跟头，一会儿像是发了"魔怔"般闪转腾挪、跳跃弹动，在那里狂欢乱舞，引得不少路人驻足观看。辛辛苦苦供他们上完大学，希望他们能找上一份好工作，谁知他们却不务正业，像卖艺玩杂耍似的，在街头丢人现眼发神经。

梅华杰决定与他好好谈谈。

中午，等梅林回家吃饭时，梅花杰给儿子讲了一通"年轻人要树立正确的人生观，胸怀远大理想"的大道理，最后苦口婆心地解劝道："梅林，我辛辛苦苦供养你上了四年大学，可不是让你到街头跳舞的。"

见爸爸这样说话，梅林知道自己的行踪爸爸已经摸底了，就满不在乎地说道："是又怎么样？"

这时的梅华杰有点儿恼怒了："吆嗬，你还真的破罐子破摔了？我来问你，你这样做对得起生养你的父母吗？你这样做能实现你的人生价值吗？整天无所事事，甘做寄生虫？"

梅林微微一笑说："我这样做恰恰正是在实现我的人生价值呢！"此时的梅华杰哈哈笑道："你天天去跳街舞就能实现自己的人生价值？你不觉得这样做太可笑了吗？"后来梅林的妈妈也来劝说梅林，希望他玩一阵后还是正正经经找一份工作。可梅林觉得实在跟他们说不清，声明自己先出去居住。说罢，收拾了一下自己的日常用品和随身衣物便出门而去。

梅林的妈妈要追他，被梅华杰一把拽下，嘴里狠狠地说道："让他出去吃吃苦也好。"

不过，当晚梅华杰经过问询，得知儿子去了同学家里这才暂时放下心来。

第二天，他悄悄地找到那位同学的父亲，偷偷塞给他一部分钱，交代让他保密，说等他"反省"好后让其再劝说他回来。

可是半个月过去，一个月过去，梅林始终没有回来，而且还有坚持下去的迹象，因为，他向一位前去打听消息的亲友表态，这回不混出一个名堂不回去。

后来，梅华杰听自己的妹夫说，梅林竟然向他借了五万块钱，意思是要办什么"实体"。他十分后怕，他们这样做不是向狼嘴里送羊肉吗？他赶快给妹夫打电话阻止这件事，但是已经晚了。而妹夫为了宽他的心，说这一点钱全当送给他"交学费"，请他不要多操心。

在妻子的劝说下，梅华杰给儿子打电话，希望他能回来开诚布公地谈谈。而梅林则说："等我实现了'人生的价值'我再回去。"

这下子让他感到很失望。

不久，传来消息，梅林竟然租借了某社区小学弃之不用的房子，开办了一处"街舞培训艺术学校"，而且还在本市电视台和报纸打出广告，招收学员。想不到报名者趋之若鹜。

很快，梅林的街舞学校红红火火地办起来了。三个月后招收的第一批学员毕业，为本市培养出了一些独特的艺术人才，而梅林也因此获得了可观的收入，受到了有关部门的表彰，不久又被选为全市十大杰出青年，获得个人奖金两万元。

领到这一笔奖金后，梅林回到了家里，他将这笔奖金亲手交给了爸爸，说："爸，上大学当然就是为了找一个好的工作，但是，现在选用人的标准是最大化地发挥自己的潜能，如今，我不是已经找到了自己的理想工作了吗？同样，我也算实现了自己的人生价值。"

这会儿的梅华杰想不到儿子真的有了出息，感喟地说道："这说明我还不适应现实的需要，通过这件事，也算给我上了一堂生动的课啊！"

"爸，你应该知道我上的就是大学的艺术系，所以，我不与别人争饭碗，充分发挥自己的优势，走出新的路子。虽然，你理解得晚了一点儿，但我今天仍然为你高兴。"说着话，他煞有介事地向梅华杰敬了一个并不标准的军礼。

第二辑　当代写实

请枪下留人

那天早上吃过饭，郝石头推出自行车要去镇上帮工，妻子尚韭花非让他刷完锅再走。郝石头怕去晚了工头埋怨，谁知尚韭花开口就骂，甚至把一桶脏水倒在了郝石头的头上。一看老婆如此蛮横无理，郝石头这个逆来顺受从没发过火的人第一回脾气大发，他竟一怒之下举起铁锹将妻子打倒在地。郝石头见妻子躺在地上不动，赶紧将妻子送到镇医院，但妻子因脑部过度损伤，经治疗无效而死亡。郝石头一看妻子死了，一下子吓蒙了。等了好长时间他才醒悟过来，随后他偷偷从镇医院跑回家，给在村校上学的郝倩倩写下一封遗书。上面是这样说的：倩倩，我一怒之下把你妈打死了，单单就那一下，她就死了，这都是我作的孽呀！可惜我现在后悔也晚了。

等写罢遗书后，他很快喝下了半瓶农药。之后被闻讯赶来的人送往镇医院救了下来。

不用说，法不容情，郝石头很快被逮捕归案。

打死人是要抵命的，郝倩倩的姥姥姥爷极度伤心，多次追着法院从速判处郝石头死刑。

很快，法院宣判郝石头死刑的判决书下来，只等送到最高人民法院核准后，郝石头就要被枪决。

郝倩倩只有一个姑姑，并已在南方成家。姥姥姥爷因失去了唯一的女儿，也无心理会倩倩，几家远房亲戚轮流照顾了一段时间，经商议只好将她送到了市里的 SOS 儿童村。这天，儿童村里到了规

定的探访日，有好多姐姐弟弟都有人前来看望，而倩倩却无人来探访，她心里感到很伤心。一看郝倩倩躲在一个墙角里抽泣不止，管理员吴阿姨过来劝解她，说："你没有人来探望不要紧，这里不还有村长黄阿姨、辅导老师宋阿姨，不是还有我吗？以后，我们都会把你当做亲人的。"

正好这时，法院宣判倩倩爸爸的死刑通知下来了。村里的叔叔阿姨们原来是准备封锁消息，不让倩倩知道这件事。谁知那天，倩倩无意中从办公室门口经过，听到叔叔阿姨们在谈论这件事，她得知后回到自己宿舍躺倒在床上，像一个傻子似的不吃也不喝。她知道，爸爸很快就会在这个世界上消失了。

一看倩倩任谁劝说也不听，就是不吃也不喝。管理员吴阿姨在她身边说了好多好话，可她也不说话就是哭，后来吴阿姨就激她："你想不想让你爸爸重新活下来啊？"

这时，倩倩一下子坐起来，祈求地望着吴阿姨："我当然想啊，吴阿姨，你，你有什么好办法吗？快给我说说。"

"你要想，就要先吃饭。回头我再给你说。"吴阿姨把饭端过来。这时，村里的宋阿姨等叔叔阿姨都过来劝说她，让她坚强一点。

忍着心中的伤痛，倩倩吃了一点便放下了碗，她望着宋阿姨她们，想从她们的眼神里寻找到答案。

停了一会儿，黄阿姨就问倩倩："你知道吴阿姨是为什么来咱们这里的吗？"倩倩摇了摇头说不知道。宋阿姨就给她讲了吴阿姨遭受的不幸。

原来，吴阿姨叫吴素珍，来自四川汶川，5·12那场大地震不但夺去了她的爸爸、妈妈等亲人的生命，而且，还让她失去了自己的丈夫和只有9岁的宝贝儿子。她自己右腿也被砸骨折。后来，等她的腿伤好后，在一位亲戚的帮助下，才来到了河南，经人介绍来到这家市儿童村做了一名管理员……末了，吴阿姨深有感触地说道："我现在没有了亲人，我最理解失去亲人的痛苦，我最知道没有亲人的难处，所以，我会尽自己最大的努力来帮助你的。说真的，你爸爸不是出于自己的本意要害你妈妈，也可以说他是一时之怒伤了你的妈妈。不行我们再去找一找律师咨询一下，哪怕有一线希望，我们也去争取一下。"

倩倩望着吴阿姨、黄阿姨她们点了点头，眼里流露出渴求的目光。

随后，黄阿姨、吴阿姨她们开始了行动，由黄阿姨写了有关的证明材料，让吴阿姨带上倩倩找了市律师事务所的一位姓李的律师，详细说明了前因后果。李律师经过反复斟酌，觉得倩倩的爸爸还有生还的希望，或许改判无期徒刑或是死缓也不是不可能，不过这事儿要快，再晚恐怕就来不及了，核准死刑犯最多也只有一个月的时间。最后，他还再三保证说如果用得上，他可以提供无偿服务。

李律师也是位热心人，他连夜起草了辩述材料并打印了好多份，自己留了两份，其他的让吴阿姨带上，领着倩倩火速进京，去恳请最高人民法院，以人性化的角度重新量刑。另一方面，他通过关系，找到市报记者，请他们给予援手。很快，一篇《十岁女孩想见死刑犯爸爸，希望最高院枪下留人》的稿子发表出来。想不到这篇文章发表后传到了互联网上，很快引起了网友的热议，有不少网友知道了其中的是非曲直，都声援小女孩倩倩。这边的吴阿姨带上倩倩和相关的材料进京，找到最高人民法院有关部门，陈诉了理由。材料上说得很明白：倩倩的爸爸郝石头，起初没有杀害妻子的主观故意，两个人的感情一直很好，仅仅因为一点小事，是一时失手造成了无可挽回的惨局。如今，倩倩失去了妈妈，她不想再失去唯一的亲人——爸爸……

说着话，吴阿姨和郝倩倩刚要给接待人员跪下，被好心的接待人员拉起来了。接待人员再三表示，让她们先回去耐心等待，法院

会对这件事慎重考虑作进一步的核查处理的。

出了最高人民法院的大门，吴阿姨带着倩倩乘火车回家。到家后，郝倩倩在吴阿姨的指导下，认真写了一封致最高人民法院的信，内容是这样的：

尊敬的最高人民法院的法官叔叔、阿姨：

你们好！

我是杀人犯郝石头的 10 岁女儿郝倩倩。平时，我的妈妈性格粗鲁脾气暴躁，对爸爸管束很严。我的爸爸温顺老实勤劳肯干，去年 11 月 10 日那天，因为一点小事，爸爸和妈妈生气，一时失手用铁锹将妈妈打死。过后他本人十分后悔。如今，我不想做一个孤儿，失去了妈妈，我不想再失去爸爸。希望法官枪下留人，给我爸爸留下一丝做人的机会，也给我留下一线生存的希望……

写完之后，吴阿姨就将信送到邮局里用快件寄走。然后，郝倩倩就再抄写一遍，等第二天送到邮局再寄出，每天都是这样。

一直等到二十多天后，她们的诚心终于感动了上帝，最高法院经过再三考虑，慎重调查和核实，将郝倩倩爸爸的死刑改判成缓期二年执行。

当吴阿姨拿着信找到郝倩倩的时候，郝倩倩喜极而泣，一下子扑在吴阿姨的怀里，眼泪滴湿了吴阿姨的衣襟。等了好长时间，吴阿姨把郝倩倩拉起来说道："倩倩，这是件好事啊，你爸爸虽然改判了死刑缓期，只要他服刑后好好改造，就会有重新做人的机会。你爸爸不但能获得新生，你以后也有了生活的信心，应该高兴呀，你怎么只顾哭呢？"郝倩倩擦去眼泪，久久望着吴阿姨，最后说道："吴阿姨，我真的谢谢你，是你给了我生活的希望，我一辈子也不会忘记你的。"

这时，郝倩倩"扑通"跪在吴阿姨的面前，重重地磕了一个响头。

诚实带来的姻缘

1985 年冬天，国家的政策宽松了，冬闲季节也允许乡下人到城里干些活儿挣点小钱贴补家用。那年我正好 18 岁，在家闲着无事，爹就让我随一位远方表舅去了县城。

表舅三十多岁，心灵手巧为人朴实，泥木工、室内装修样样精通，他率先跟随着一位包工头来到县城干些小活，比如机关单位的室内修饰、清理、维护，一般居民区的房顶检修，还有修补小房、垒个墙头等。大多在干些人员较少的活儿时，表舅就会让我给他打下手。

这天，我和表舅去了居民区一位名叫曹富贵的家里，为他家改灶台、贴瓷砖、装修堂屋墙壁地面等。说定干 5 天，每天主人家要管我们中午、晚上两顿饭。这老曹是一个炸爆米花的，天天在顺河街的十字街口摆摊做事，老伴为他打下手。他们家有一个千金名叫兰花，听说初中毕业就不上学了，她就在家里当监工，看我们做活。

开始兰花时时刻刻监视着我们，生怕我们偷奸耍滑，后来一看我和表舅都是干活不惜力的实在人，她就放松了警惕。平时干活的时候，我爱哼哼唧唧地唱歌，谁知兰花也是一个歌迷，听到我唱错的时候她还固执地为我纠错呢！比如那首《军港之夜》吧，唱到那句"睡梦中露出幸福的微笑"，我总是爱唱成"睡梦中露出美丽的微笑"，而她纠正说是"幸福的微笑"，我固执己见，她也毫不相让，两人争得面红耳赤，以致表舅从中调停我们两人才算罢休。

老曹叔家距离我们建筑小队住处七八里地，中间经过的街道上还有几个大坡，我和表舅两个人只有他那一辆除了铃铛不响哪里都响的破自行车。再说那时我也不会骑车，每天干完活累得鼻塌嘴歪，表舅就不想带我。老曹叔从兰花的口中听说了此事后，对我比较同情，之后全家协商一致，在他们家吃过饭后，兰花去邻居家的小妹那里去睡，就让我睡她的单人床。

这天晚上，我第一回睡在只有 18 岁的女孩子的床上，不免会想入非非。好久睡不着，我拉亮电灯坐起来。平时，因为我爱看书报，偶尔还会"啊！大海呀，美丽的大海！"写几句歪诗，看到墙角落里有一捆捆的报纸，就喜上眉梢起身扒拉，看看有什么本地报纸的文艺副刊供我浏览。我正在漫无目的地翻看时，突然，在里边一叠报纸里，我意外发现一沓十元一张的钱票，仔细数数竟然有 1300 元。当下我默默一想，这可能是老曹叔从废品收购站论斤买来贴炸米花锅口的，要是寻根问源这钱票说不定是收废品的人从市民手中收来的，如今我要占为己有恐怕神仙也不知道。我捂着腾腾跳动的心脏，将这 1300 元钱揣进口袋，忙熄灯睡觉。

可是，我睡了好久总也睡不着，心想：假如这钱是老曹叔家的呢，他们一家仅靠炸爆米花挣钱度日也很不易！炸一锅两毛钱，每天也就是几元钱的收入，如果今天我要将这些钱拿走，有一天他们找不到了，肯定会怀疑到我的头上，我一辈子都会受到良心的谴责。想想当时我们干一天小工才只有五块钱的收入，而他们要攒这些钱肯定也不容易呀！我在床上辗转反侧，经历一番心灵的折磨后，内心的善良终于战胜了贪念，最后我又将这些钱放进了报纸里边，然后安然睡去，这个晚上我睡得很踏实，也很香甜。

到了第二天晚上吃饭时，趁他们全家都在场，我就漫不经心地提醒老曹叔，说他在报纸里面放那么多钱，可要小心啊！万一遇上老鼠可就麻烦了。

老曹叔乜了一眼兰花，说："兰花，把钱交给你，你咋那么大意啊？"谁知，兰花却说了一句让人颇费思量的话："爸，最不起眼的地方才是最安全的地方。"

很快五天过去，等到老曹家的活儿全部完工结账时，老曹叔却多给我们两人5元钱，说这是对我们保质保量完成活儿的额外奖赏。

此后，无论老曹叔家有什么活儿都会让兰花请我们来干。有时听兰花说修修下水道、补个墙角等，我就会悄悄告诉她，我会利用一早一晚去给她帮忙，那钱肯定是不会收的。这样，我们彼此交往的机会多了，有时我也会找借口无事去老曹叔家随便坐坐。一来二去，去老曹叔家"坐"的回数就多了，之后，我竟然成了老曹叔的未来上门女婿——想不到吧，意外成了"城里人"，那时的城里人可是人人向往的美事儿啊！

一晃几年过后，在我们的新婚之夜，我搂着老婆兰花问起那件心中久久难以释怀的"钱票"事件，哪料兰花却捣着我的额头说："你呀，真的是傻瓜，那是我爸让我故意放进去的。"

"什么？"我不理解似的望着兰花，"如果我将这些钱揣进腰包拿走了，那你家不就得不偿失了？"

这时的兰花一本正经地说："那时，自从你来俺家干活，我爸就说你是个实诚人；我呢也悄悄喜欢上了你，从内心说，我感觉你是不会拿走那些钱的。"

原来是诚实，让我找到了一段美好的姻缘。"呵呵，原来你们合伙在试探我呀！"我一下子把兰花紧紧地搂抱在怀里……

镇长下跪

麦收的季节到了，爸爸打电话让我跟老师请几天假回家割麦。

有一点儿办法，爸爸是不会打电话叫我回家的。

我知道爸爸也很苦，去年秋天的时候，我考上了县一中，爸是那年在县里修水库时被砸断了一条腿。之后，妈又得了糖尿病，因为家庭条件差，家里没有剩余钱，尽管我考上的是县里的重点中学，可我决定不上了。可爸知道后将我痛骂了一顿，说他当年失去了上学的机会，不能让我再走他的老路，就是砸锅卖铁也要供我上学。后来，爸借了一部分钱，村上的父老乡亲又每人凑了一些，我才勉强读上了书。所以，我要发愤努力学出个名堂，可是看着爸作难，我也不能不管呀！

向班主任王老师请了一个星期的假，我回家了。

爸的腿有毛病，在家编苇席和荆条筐，到点了做做饭，我和妈妈下地割麦。平时，干到晌午的时候，我会催妈回去帮爸做饭，等妈走了之后，我会拼命地干活。再就是起五更打黄昏的，就是这样还不行，因为，别人家大多都有手扶脱粒机，有的用上了联合收割机，用机械干得快。最终我们还有四亩多麦。舅舅家离俺家只有三里地，他的麦割完后，便过来帮忙。谁知干了一晌，舅舅说，算啦，咱也用联合收割机吧，钱我出。好在这几亩地离国道近，在公路上拦了一台收割机，不到一个钟头便割完了。

我需要尽快回学校，趁舅舅在这里可以帮忙干活，先把苞谷点

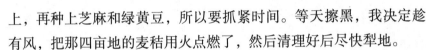

上，再种上芝麻和绿黄豆，所以要抓紧时间。等天擦黑，我决定趁有风，把那四亩地的麦秸用火点燃了，然后清理好后尽快犁地。

可是，当我刚点着一堆麦秸，只听公路上一辆小车开过来，从车上下来了几个人，张嘴说我违反了刚刚公布的环境法，将我用手铐铐了，然后拉到了镇派出所，罚款3000元，并且通知家里马上送钱来。舅舅急忙找人说情也不行，爸拄着拐杖来向所长求情，所长理也不理。我爸说我先打个欠条，所长乜他一眼，"哼"了一声说，你以为你是谁呀！穿着马夹我就不认识你了？憋得爸半天没有说话。一看在门口等的时间长了，弄得所长烦了就说，你再不拿钱来，我马上打电话通知你娃的学校开除他。

要说拿罚款钱来，我家眼下确实没有，因为请机器割麦的钱还是舅舅垫上的。这还不算啥，尤其所长说要让学校开除我，这好比挖我爸的心肝。这下子我爸也来气了，就说："好好，你打电话，你打电话。""你想我还不敢哩？"说着，所长真的掏出了手机。一看所长要动真格的了，爸就凑前几步，用拐杖指着他说："你要打电话，我就跟你拼了！""哟嗬，反了你不成？"说着，让手下人把我爸用手铐铐起来关进了另一间屋子。

关进派出所的小黑屋子，目的就是要钱。但是，让人想不到的是，被关的人并非我一个人，之前已经有12人了。派出所采取的方法是，先通知家里人送饭来，而且规定，在此每人关一天要给派出所房费50元钱，直到将钱交来全部结清方才放人。

这一天中已经有四家结清了罚款和房费钱将人赎走了。

妈送饭来了，她披头散发，仿佛过了一天她就老了十来岁。听说她曾去求过所长，跪在所长的面前。谁知"铁面无私"的所长毫不通融，让快拿钱来，少一个子儿也不行。第二天，妈又送饭来，又去求那所长，甚至跪在他的面前苦苦哀求，而那位所长不但不同情，竟然还踢了母亲一脚。妈妈跌跌撞撞地回家了。

就在这天晚上，妈妈一气之下喝了半瓶剧毒农药，第二天等人发现后，她已经死去多时了。

中午的时候，我的伯、叔和一群近门侄子来到了镇政府，他们要向领导们讨个说法。

好半天，镇政府办公室的一位秘书出来了，他说，领导们都下乡包村忙三夏去了。让他们暂时先回去。叔伯弟兄们不回去。没有办法，那位秘书就叫来了我们村的村主任吴三叔，条件就是先把我和我爸放出来，不让出钱了，让大家暂时回去。等领导们回来以后，一定亲自到家中解决具体问题。

我毕竟是一个有知识的人，我忍着泪劝说爸爸和大家马上回去，烧麦秸我们是有错的，妈妈虽然死了，但这事也不能全部怪罪派出所，相信领导们是会认真对待的。

回到家后，我劝爸还是尽快把人埋了，因为人死不能复生，况且眼下又是夏季气温正高，尸首放下去不好。正在我竭力劝说大家赶快把妈妈下葬的时候，一辆小车开过来了，只见从车上下来了仨人，一个是刚才在镇政府说话的办公室李秘书，一个是司机，另一个就是才调来不久的黄镇长。

村主任吴三叔慌忙跑过去，黄镇长和他打了一声招呼，马上吩咐李秘书，将车后厢的鞭炮、火纸和一些糕点、水果之类的祭品拿出来，然后，他带着李秘书和司机走进了大门，在设立的灵堂前三鞠躬。等弄完了这些之后，黄镇长回过身来，带着复杂的悲痛和愧疚之情，向大家说道："这几天我一直在梨树沟村，刚刚听李秘书打电话说出事了，对这件事情我有着不可推卸的责任。"

"黄镇长，"这时，我爸爸一瘸一拐地走过来，拉着黄镇长的手说，"没有你的事，怪只怪俺太穷了，出不起这个罚款呢！"

一旁的村主任吴三叔也颇为同情地说道："镇长，你不要看他平时没言少语，可却是个有骨气的人，那年在水库上弄残废之后，我说过几回，让他办一个残废证，可他硬是没办，他说，我还有两只手，不想给公家找麻烦。所以，直到现在，他也没有拿村上一分救济款。"

"老杨，你是好样的。"黄镇长急忙拉着我爸爸的手说，"做人就该像你这样，行得正，立得直，多为别人想想。"随后，他又面向大伙说道："咱镇上，首先是咱派出所确实存在着许多问题，官气、霸气严重，到了不整顿不行的地步。当然，焚烧麦秸的确是错误的，不过立党为公，执政为民，可也怨咱工作还没有做到家，有些事情人们也不是马上都能接受的。所以说，我作为一镇之长责任重大，回头我会作深刻的检查。"黄镇长看了看越来越多的人接着道："明年很可能不会有焚烧秸秆的现象了。最近几天，我从网上看到，有一种才出产的新型联合收割机，割的茬子浅又干净，后边还跟着一种打包机，前边收麦后边打包，省时省力，而且割了麦子等农作物还不要钱，只要麦秸，这何乐而不为？不如明年我们就进上几台试试。"

"好，这是好事。"不少村民竟拍起手来，想不到一个哀悼的现场，却添了几分喜庆的色彩。

"还有，"黄镇长停了停又说，"由于我们工作的失误，给老杨家带来了这么大的损失，在此，我向他们表示沉痛的哀悼和万分的遗憾。"说着，他从口袋里掏出来一叠钱票，"这是3000元钱，我只以我个人的名义捐赠给老杨家，先办后事。同时，为了弥补自己的过失，在此，我要向大伙郑重宣布，从今天起，我要与老杨家结为一帮一的对子，他儿子从现在起，自高中一年级到大学的一切费用都有我个人来支付……"

黄镇长说到这里，我爸在他面前"扑通"跪下，说道："黄镇长，你是位好官哪！"我在旁边不知咋的眼泪止不住地悄悄流下来，随后也"扑通"一声跪下了。随后，村主任吴三叔也跪下了，在场的人们都跪下了，有几位婶子大娘竟然嘤嘤地哭出了声……

捡垃圾的妈妈

去年爸爸在一场车祸中意外丧生，亲戚们都劝妈妈改嫁，找一个殷实有钱的丈夫。可妈妈却没有那样做，说小强高考正在节骨眼上，会分散了他的心，我就是借债也要供他考上大学。果如妈妈所说，我一门心思埋头学习，功夫不负有心人，终于以优异的成绩考入省城的一所名牌大学。

虽然我来自农村，自打考入大学后，与城市同学相比我也毫不逊色，妈妈知道我在学校的花费比较高，每个月都是提前给我寄来生活费。三个月后，我与同班的高贤相恋了。高贤来自南方一座大城市，家庭条件优越，喜欢购买新潮时尚的衣服，为满足她这一并不过分的要求，我把情况告诉了老家的妈妈。当妈妈知道后大力支持，并打电话交代我说："强啊！咱家人老几代都在乡下，如今你找了一个大城市的媳妇，以后就能跟着人家沾上光，也算给咱家争了脸，你可要善待人家，需要花钱就言语一声。"

有了妈的交代，再在高贤面前花钱我也有了底气。

很快，我和高贤爱得如胶似漆，两人商量计划春节不回去了，在学校附近租房住。而我对妈妈打电话就谎称说，因为年假只有十多天，我害怕回去耽误时间，准备在这里租房复习功课。妈也很支持我的打算，回去还要花费车钱什么的，不如在省城还能好好做些事情。不久后她就给我寄来了过年的 3000 元钱。

春节过罢很快开学了，这天是个星期日，高贤和我一起去逛街，来到了市中心的飞天商厦，在四楼的服装城里，高贤看中了一件做工精细、时尚新颖的冬装，一看价格，妈呀，竟然要 1800 元，因为囊中羞涩，我看着这件时髦的衣服只能褒贬它颜色不尽如人意。谁知，高贤当时勃然变色，说："杨小强，这点小事你也不能满足我，还想与我谈吗？"眼看话已至此，我只得咬着牙拿出手中仅有的钱为她买下了这件衣服。

之后，因为财政吃紧，我不得不向同学们借账，直到债台高筑，我只好再向妈妈求援。妈妈二话没说，很快给我又汇来 1000 元钱。可这点钱对于我来说仍然是杯水车薪，怎么办？没有办法，我只好趁晚上背着高贤出门想找一份事情做。可是我能干什么呢？去了几家餐馆打工，人家一看我穿着笔挺的西装，文质彬彬的样子，都一口回绝了。可目前的情况就是，如果我没有足够的钱财满足高贤，她很可能与我说拜拜。不得已我只好再次向妈妈求援。

妈妈接到了我的电话，说："小强，你给我一个银行卡号，我给你打过去。"

果然，第二天钱就到账了。

时隔不久，我偶然之间给在老家的舅舅打电话，顺便提到了妈妈，让他有时间多过去看看。舅舅在那边不解地问道："你妈不是去你那里了吗？"我反问什么时候啊？他说过完年就去了，说是过去照顾你的饮食起居，听说你在省城还为她找了一份保姆的活儿。我忙打着哈哈，随后便挂断了电话。

耐下心来仔细一想，怪不得最近妈妈寄钱不用汇款单，而是用打卡的方法，原来妈妈到省城来了。可是为了弄清妈妈到底在哪里，我只得再次给舅舅打电话，而舅舅也说不清妈妈确切的位置。

这件事情成了我的一块心病。

一天中午，我与女朋友高贤一起去逛街，却意外看到有个头勒围巾，戴着口罩在垃圾箱里寻找垃圾的妇女很像妈妈，这时她好像

也看到了我们，就慌慌张张地走了。当时因为有高贤在场，我不便追上去，就匆匆离开了那里。

随后几天，我一有空闲，就一个人偷偷去一些偏僻的街道寻找妈妈，可始终没有看到她的影子。有一天，我向一个捡垃圾的妇女打听，她说她知道妈妈的情况，原来她就住在市西南角的清水湾垃圾场。

我终于见到了妈妈。我问她来省城为什么不见我呢？问了几遍她一直不说话。问得次数多了，她有点伤感地说："开始，我在老家是多么自豪啊，我的儿子考上了省城的大学，这是一件多么光荣的事情啊！为了让你不比别人低一等，我在老家吃苦饲养猪羊、操持田地供你上学。到了农闲我一个人来省城，为餐馆端过盘子、扫过地，到医院卖过血，后经人说合做保姆。可是做保姆工资太低，我经一位老乡介绍，又开始捡垃圾。可是自从那天亲眼见到你和你的女朋友花钱如流水，让我感到很失望……"

听到妈妈这样说话，也让我心中感到十分内疚，妈妈是如此为我考虑，而我却这样肆意花钱，完全违背了她的意愿，我动情地说道："妈，我错了——"

"不。"妈妈斩钉截铁地说，"实际是我的错，自你爸爸去世，是我太娇惯你了，让你养成了大手大脚花钱的不良习惯。好在今后你要走的路还很长，只要改正好好做人还来得及。"

望着妈妈那过早衰老的脸，我羞愧得无地自容。

骨 气

1966 年的夏秋之交，一场突如其来的"风暴"席卷中国。生性直率、脾气倔强的父亲也被拉出去游街批斗，其罪名就是"偷盗犯、漏网地主、现行反革命分子"。然后，造反派将他拉入大队小学，绑在一张椅子上三天三夜不让睡觉，让他交代偷窃小队红薯粉坨的反革命罪行。我父亲没有干过那样的事情，当然不会承认。在大队长杨春柱的带领下就不断实施折磨的方法，不停地扇耳巴、皮带抽、砖头砸，父亲一次次地休克过去又被冷水浇醒，就像一个革命党人宁死不屈地忍受着"敌人"的暴打和羞辱……

父亲从来就是一个坐得端行得正的人，1953 年他参加三线建设只身到了武汉做了湖北第一建筑公司的工人，之后将我和妈妈及弟妹四人也接到了武汉。三年自然灾害后，中国正处于百废待举的现状，为了响应党和国家"支援农村建设"的号召，父亲第一个报名，不顾我再有半学期就要初中毕业，毅然带领全家人回到河南农村老家。

由于父亲在大城市生活惯了，对农村好多事情不太适应，比如与人见面不爱打招呼，吸烟独自吸，本来返乡后应该到大队长家送送礼、拜拜门，可他不会这样做，见了面仍然我行我素，不会阿谀奉承。为此得罪了大队长杨春柱，他就利用"文革"这个便于整人的机会要"修理修理"父亲。在批斗父亲的前几天，粉坊里磨红薯粉面的杨春财在一个清晨找到本队队长，说红薯粉坨丢失了十多

个，每一家都搜过之后皆一无所获，最后不了了之。这杨春财是杨春柱的弟弟。时隔不久，杨春柱就借机密谋整一下我这个不爱巴结人的父亲。

那是个正午，日头很热，妈妈正在做饭，爸爸从地里回来，刚刚拉了一领席子在河边的树荫下乘凉。不多时，一群如狼似虎的"造反派"在杨春柱的带领下，突然冲过来将父亲暴打一顿，然后捆起来拉到了大队去。出村时，父亲一遍遍地嘶喊着："你们这是法西斯！无法无天，为什么不讲道理?"只见杨春柱上来就是一耳光，说："对你这种人还讲什么道理?"

半天后，得到大队的通知，让我们去给在大队小学挨批的父亲送饭。我刚刚18岁的年纪，和弟弟一起战战兢兢地提着稀疏的面条汤去了大队小学。只见父亲被捆绑在小学院里的一棵大椿树上，揪斗的人大多吃饭去了，只有一个看管的人，看到我们来后便粗暴地将父亲松了绑。只见父亲身穿的一件白色粗布衣服脏兮兮的，脸上和头上遍布着一道道血痕，我轻轻地为父亲擦拭着脸上的血迹，将所提的饭盒放在地上。父亲把脸别过去，让我把饭拿回去，生性刚强的他说要绝食。我站在旁边一遍遍劝说着："爸，你一定要吃下去，你有了力气才能坚持下去啊。"最后父亲总算吃下去了一半，再也不愿吃了，他说他渴。正好同村的一位叫君哥的走过来，他马上从一位教师的屋中舀了一瓢清水，手举着让父亲咕咚咕咚喝下去。显然，父亲太渴了。

时间不长，吃饭的人都回来了。尤其那个大队长十分野蛮地赶我们走，我无言地拉了拉父亲的手，和弟弟一起匆匆离去，我怕我流出的泪水被父亲看到了会令他更加伤心。

之后，大队"造反派"的人再也不让我们给父亲送饭，甚至根本不让我们去见面。偶尔听说那位好心的君哥会给他送一点儿水喝。

五天后一个晚上，父亲被人用门板抬回来了，衣服破烂满身伤痕——后来据君哥说，他一直绝食，杨春柱强行让他承认偷红薯粉坨的罪行，父亲却破口大骂他伤天害理不是人，而且还质问他："你说我是工贼、漏网地主、偷盗犯、现行反革命，而你呢？随着母亲当'拖油瓶'改嫁到了地主家，等到土改前几天，你偷偷回到村里，分了房子分了地，你才是彻头彻尾的漏网地主呢!"父亲的谩骂，点到了大队长的疼处，他就挖空心思整父亲。到了后来，任凭他怎样毒打，父亲一字不说缄口不语……此时，我们全家围在父亲的跟前，妈妈用热水为他轻轻擦拭着脸上那已经结痂的伤痕。我跪在父亲的面前默默垂泪，父亲看到后咧了咧嘴嘶哑着声音说："起来，强，别哭，给我擦掉，男子汉流血不流泪。"

我慌忙站起身，将那不争气的泪水轻轻擦去。直到好久，父亲才长叹一声说道："那粉坨我真的没偷，真的，天地良心。一个人可以缺钱、缺粮，但不能缺少骨气。"说完，他就默默地闭上了眼睛。

在这个晚上的黎明时分，父亲带着满腹冤屈含恨离世。

而在杨春柱面前，在大队那些"造反派"面前，我那一生正直豪爽的父亲却是畏罪而死。

纸是包不住火的，这件事直到若干年后方才澄清，那磨坊的十几坨粉面就是杨春财监守自盗，可他却与自己的哥哥密谋想嫁祸到我父亲的头上。

此后，我发奋努力自学成才，从一位农民成了报社的记者，成了一位作家，却始终牢记父亲在临终时教导我的话："一个人可以缺钱、缺粮，但不能缺少骨气。"之后，无论遇到什么艰难险阻，我都铭记父亲这句话，做个有骨气的堂堂正正的人。

四八二十三

　　这天，杜老五的饲料销售门市部来了一位主顾，是个 50 多岁年纪的高个壮汉。他就上前打招呼说："老哥，过来了？想要点饲料吧？"那人说经亲戚介绍，说他这里饲料正宗，价钱公道，就前来看看。杜老五与来人谈过价钱，帮着他将几袋饲料抬到了他的手扶拖拉机上。那人在临走的时候，一直望着他，说是很面熟。经这位高个壮汉的反复提醒，杜老五感到也像是在哪里见过他，只是，他拍着头，想破了脑袋也没有想起来。

　　送走那高个壮汉，杜老五的脑子里一直在盘亘着这事，突然，他的脑子终于豁然开朗，想起二十多年前的一件事：那时候他还在自己的老家杜家庄上，有一天，庄上来了一个挑担儿卖鸭娃儿的，庄上人都围到了跟前砍价钱，问他一只卖多少钱？他说一只一块五。之后，大伙儿从一只一元砍到了一只八毛，杜老五就挑选了四只，让他算算账，看该付多少钱。这高个壮汉就掰着手指嘀咕，说："这一只八毛，四只就是四八两块三。"而且，他连续算了几遍，四只就只收两块三毛钱。

　　谁都知道，这四只应该是四八三块二，这人兴许是傻呀，难道不会算账？杜老五得了便宜，向大伙儿使了一个眼色，不少人都上前挑选，不过大家一次只买四只，买罢了再来。杜老五也不含糊，连续跑了四趟，总共买了 16 只小鸭娃儿。

　　这高个壮汉不一会儿将一挑子鸭娃儿卖完了，他担着空挑子，哼着豫剧梆子腔高高兴兴地走了。

等他走后，大家伙儿高兴地聚到了一起。杜老五交代说，如果他回去发现错了账，再来找后账，大家都给他来个一口咬死不承认。

第二天，果然那人又来了，而且又挑着一担鸭娃儿。他放在了原来的老地方，在那里大声小叫地吆喝："卖扁嘴儿啊！"。

他喊了半天也没有人上跟前凑，怕他使的是"托托计"，等人来后让人退款。

一直等到他喊了好长时间，才有人试探地问他卖的啥价钱。

他说还是昨天的价钱。

一看他没有要找后账的意思，杜老五就走过来试探地问道："那要四只给多少钱？"

谁知，那高个壮汉白了他一眼，说："嘿，你是想考我的学问不是？不还是四八两块三啊！"他这样一说，杜老五方才松了一口气，这真是小鸟放屁自己惊啊！他连忙呼喊近门邻居都来挑选小鸭娃儿。不多一时，这高个壮汉的一挑子鸭娃儿又全部卖光了……

此后，这个人再没有来杜家庄。

过后杜老五心想，是不是这人生意亏赔了，不再做这生意？所以他的心里一直感到亏欠了人家，准备遇上个机会给他说说，弥补一下人家的损失……

过不多久，那高个壮汉开着一辆电动三轮又来了，轮到给他货时，还少他60块钱，杜老五说让他等等，把钱换开再给他。哪想到他大咧咧地手一摆说，经常来的地方，你记着账下次补上。当时因为人多，杜老五只顾算账、发货，也顾不上说那么多。

不料想，以后那高个壮汉再没有来过。本来想准备弥补人家的亏欠，如今还倒欠人家一份人情，这让杜老五心里一直过意不去。后来，遇上一位知情人，杜老五方才知道，那壮汉叫王大才，是距柳溪镇东二十里的新集镇人，以前为老板贩鸭娃儿倒是赚了钱，后

来有了钱后，就自己投资开了一个养猪场。杜老五交代那人，让他给王大才捎信，让王大才有空过来，他会把欠他的人情还给他的。

转眼半年过去，这天，杜老五的店里人不多，他就交代儿子照看好生意，他去街上的五金部买点东西。不想，当杜老五走到街心一家茂源饲料销售部时，突然，他看到王大才在那里进饲料，这事真的奇了怪了：我欠着他的钱，他不来要，倒去人家的店里购货，这到底是为什么？他本想马上过去问个水落石出，可是一想，如果这会儿他去找王大才说事，同行是冤家，人家店家肯定认为自己去搅人家的生意。他只好在不远处等待。

一直等到王大才装完了货，开着电动三轮走到街心，站在那里的杜老五手一招，拦下了王大才。那王大才看到杜老五之后，脸上很不自然。他给杜老五打了一下招呼，将电动三轮开到了一个人少的地方停下来，不好意思地掏出一盒烟让着杜老五。

杜老五手一摆说不吸，然后，大咧咧地说："老弟，我一直在找你呢，让朋友几次给你捎信，让你过来，把这钱的事说清，你这是咋回事儿？"

王大才叹道："说起那钱，我感到对不起你和你们村上的人。"

这时的杜老五听得糊涂，心想：我欠了你的钱，你咋还对不起我呢？况且还有过去买鸭娃儿那点丑事，自己也感到真的站不到台面。当他说了自己心里的想法，王大才连连招手，说自己那六十块钱不打算要的目的，是他想弥补自己对不起他杜老五和他们村上的人。这时的杜老五是越听越糊涂了，今天说道歉话的应该是他呀！

之后王大才说了其中的原委，杜老五才知道个中原因。原来，当年王大才去杜家庄卖鸭娃儿算错账，并不是他太傻，而是他故意这样做的。按卖鸭娃儿到农村惯常的做法，就是卖"打账"的鸭娃儿。所谓"打账"就是赊账给买鸭娃的户主，可以暂时记账不收钱，等到八月十五中秋节后，农民收成宽裕了前来收账；还有，这

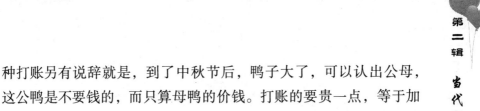

种打账另有说辞就是，到了中秋节后，鸭子大了，可以认出公母，这公鸭是不要钱的，而只算母鸭的价钱。打账的要贵一点，等于加上了利息，一只鸭娃儿一块五，而现钱就是一块。当然，炕房的人基本上能认出鸭娃的公母，这王大才就掌握了人们的心理，那年去杜家庄采用了欺骗的招数，利用村上人贪便宜的心理，故意现钱出卖算错账，让他们受骗上当。第一回，王大才见到杜老五，他就认出来了，可他一直没有说透，但是自己毕竟做了亏心事，又怕有天杜老五认出自己，弄得尴尬，所以，他故意不要那六十块钱，转换了一个地方再购买猪饲料。

听王大才说完了这件事的来龙去脉，他才恍然大悟，难怪当年买了那批鸭娃儿后，到了秋后，好多家的鸭子大了，能认出公母，一看绝大多数都是老公鸭，只有极少数人家有寥寥几只母鸭，好多人去问杜老五，他也带着疑问解释说，也许咱们点背赶上了，所以对这件事也没有太在意。听王大才这样一说，还真是那么回事。

这会儿的杜老五哈哈一笑说："那几年还不是一个穷吗？如今日子好过了，也不在乎那几个小钱。"说到这里，他加重语气道，"那你也犯不着不敢见我呀？俗话说，不打不相识嘛？"说着话，他掏出一张百元票硬塞给王大才，让他有用得着的时候请说话。说罢，手一摆迈开大步走了。

而王大才撵了几步要找给杜老五四十块钱，可他没有撵上，望着杜老五离去的背影，愣了半天没有做声。

走上"明星"舞台

这天是正月初五，张德刚穿上笔挺的西服，交代一起看工地的大刘一声就出了门。可是，不管他走到哪里，都会有人像看大熊猫一样扭头看他，有个中年妇女竟然叫嚷着喊他："小沈阳！"还有个十七八岁的大姑娘撵着喊着让他签名。他觉得莫名其妙，就反问道："你咋知道我是小沈阳啊？"只见那姑娘连说带比划："自从你上了今年春晚，满世界的人都知道你了。"他越听越糊涂慌忙走了。

路上，张德刚越想越好笑，这几天只顾白天黑夜看工地，突然有人说他是小沈阳，什么乱七八糟的。他打电话给在梅溪镇老家的姐姐一说，谁知姐姐兴奋地说他，你不问我，我还想问你呢，这两天有几个亲戚打电话，都说你啥时间学了咱河南农民工王宝强上了春晚，也不告诉他们一声？听姐姐说完，才知道人们都把他当成了今年春晚上的小沈阳啦！

回到工地的简易房里，张德刚又憋不住向大刘说了今天的奇遇。谁知，大刘上下打量了他一会儿，说道："嗯，还别说，你还真的像今年春晚的小沈阳。"平时，张德刚也算得上一个多才多艺的人，从小爱好广泛，不论笛子或是口琴他是一学就会。还对着麦克风练口技，什么火车起步、轮船鸣笛、母鸡下蛋、母狗打圈儿他都学得惟妙惟肖。去年夏天，在工地附近他还买了一把吉他，不到一个星期他竟然弹得有模有样。平时像模仿黄宏、巩汉林那真是小菜一碟张口就来。所以，这会儿大刘就为他打抱不平："那小沈阳不就会那两把刷子嘛！要是你也能拜一个像赵本山那样的师傅，说不定比他还火呢！"

午饭吃过，张德刚就一个人偷偷钻进工地附近一个网吧，去查看今年的春晚节目，原来他真的很像那小沈阳。后来的两三天里，他没有事的时候就去网吧，看那个小品《不差钱》，看小沈阳演出的所有二人转。回来后就当着大刘的面模仿小沈阳的语言和动作。不料大刘看了几回就说："嗯，你演的还真是那么回事儿。小张，你在这里搬砖、提水泥真委屈你了。你应该拜个师傅。对了，听说咱河南有个笑星叫申军，可有才了，你有机会就找找他。"

这一说真的让张德刚记在心上啦。可他上哪里找他呢？

很快到了正月十五元宵节这天，二老板让张德刚去买一桶红漆。他到街上一看，到处都有彩车、花灯。三转两转他来到了人民公园里，那里有梨园演艺公司正在举行公益演出，不时穿插猜谜活动，猜对了有奖品。中间还搞才艺展示，不管下边观众有什么绝活都可以上台表演，而且演过之后还有奖品。这时，女主持人又在邀请下边观众上台献艺，问了几声没有人上台。这时，张德刚不知哪里来了一股邪劲，突然一个箭步，提着油漆桶上了舞台。

女主持人看张德刚跳上台来，愣怔了一会儿突然说道："哇！活脱脱一个小沈阳啊！你来想展示点什么绝活啊？"

只见张德刚把油漆桶放到了舞台一侧，有点紧张地说道："你……你说我像小沈阳，那我就演演小沈阳吧。"很快他进入了状态，表演了小品《不差钱》上的一些经典台词。他那逼真自然的演出赢得了观众的阵阵掌声。完了之后他要下台，主持人忙让他留步，问他叫什么名字，干什么工作？还会些什么项目？他一一说了，然后又表演了一段口技、唱了一段豫剧。

等他唱完，女主持人有点兴奋地夸道："啊，你太有才啦。"随后，握着他的手说："你在建筑工地上干活真的太屈才了。你真的

该像小沈阳那样拜个师傅好好练练。你想不想啊?"

张德刚不好意思地挠着头说:"我做梦都想,可我没有那个命啊。"

"那好,我现在就让你认识一个人。"女主持人用手向后面一招,说"下面请出我省著名的笑星申军。"

果然,下面就有河南省当红笑星申军走上舞台。

张德刚就学着小沈阳的娘娘腔说道:"我的妈呀,你不是老毕吗?"

微笑着的申军和他握了握手,说:"我不是老毕,我叫申军。"然后,对他刚才出色的表演表示了肯定。女主持人从中插话说道:"你知道他是谁吗?"

"我的妈呀,我咋会不知道哇!他不就是经常上河南卫视说相声的那个演员吗?"

"有的你可能还不完全知道呢,他不但说相声、演小品,戏唱得也很棒,曾经是豫剧大师常香玉的关门弟子,生旦净末丑样样都中。"

一听说有这样的机会,张德刚当然不能放过,他上前拉着申军的手说道:"申老师,我想上你的星光大道,你让我给你表演一个节目好不好啊!"

"你的表演我刚才已经看过了,真的很棒。"

"那你收我做你的徒弟中不中啊?"

"中啊中啊。"实际申军只是随口说一声。谁知,想不到张德刚真的"扑通"一下跪在了申军的面前,给他磕了一个响头。

这时的申军慌忙将张德刚拉起来,当着台下的观众说道:"好吧,冲着你这份真诚之心,今天我就收下你这个徒弟。"

张德刚站起身来,向申军拜了三拜。

女主持人建议他不能仅仅像小沈阳,光炒别人的剩饭。随后还给他起了一个响亮的名字叫"小郑州"，甚至鼓励他多听申军老师的话，争取以后上河南卫视，一炮打响。

"对，就叫小郑州，这个名字也很有个性。也许明天的明星就是你了。"申军拍手赞成。

这时的张德刚上前拉着申老师的手，想想自己多年来爱好文艺的艰难，他的眼泪夺眶而出⋯⋯

好　人

　　天刚掩明，市郊柏油马路上，菜农徐志荣拉着满满一农用车菜向市内进发，突然，听到前面一百多米处，"吱嘎"一声响，有辆黑色轿车撞倒了人后，稍微停了停，又"呜"地一声开走了。

　　徐志荣赶过去一看，是一位60多岁的老人，只见他满脸是血，歪倒在路边。徐志荣慌忙停下车，一个人连拉带拽地将这位老人弄到了车上，加速向市医院赶去。

　　送到医院急诊室，徐志荣先垫付了医疗费，并向医护人员说明了刚才发生车祸的情况，同时还交代说，他外头还有一车菜等着送农贸市场批发，等他卖完之后再过来看望老人。等他刚走出急诊室不远，就有人赶过来一把拽住他说："你撞了人，还想走？"原来，这人是被撞老人的儿子。刚才有人找到了老人的电话簿，给他家人打了电话。不过，这会儿不管徐志荣咋解释说不是自己撞的，可老人的儿子就是不相信，他说："现在哪有那么多的活雷锋？你撞了人就应该负责到底，想跑，没门！"徐志荣又被拉转了过来。

　　经过两个多钟头的抢救，一见老人终于苏醒，儿子心急火燎地上前拉着老父亲的手说："爸，你没事吧？"

　　老人点了点头。

　　"对了，"老人的儿子像想起了什么事，不满地指着身边的徐志荣说，"刚才这个肇事司机还想跑呢，被我拉回来了。"老人摇了摇头有点激动地说："张鹏，你弄错了，撞人的不是他。"接着，老人就说了被撞的整个过程：当时他正在由东向西晨练跑步，后边有辆黑色轿车为躲一辆客车，打一把方向盘，正好把他撞倒，使他一头栽到了路面上，不但伤了腿，头也被撞出血。可恨的是，那辆黑色轿车见死不救，又开车加速跑了。说着话，老人指着徐志荣说："要不是他，这回我可没命了，他可是一个好人啊。"

叫张鹏的中年人回身拉着徐志荣的手说："对不起，老弟，我错怪你了。"可是，徐志荣这会儿却瞪着眼问躺在床上的老人："大叔，你还认识我吗？"受伤的老人仔细看了看徐志荣说："有点面熟，但回忆不起来了。"

徐志荣长叹了一声说："实际上真正的好人应该是你呀！"原来，上次徐志荣去市西郊莲花荡拉猪饲料，汽车被陷进了一个大泥坑里，而这位老人正和几位同伴在鱼塘边钓鱼，二话不说就喊人跑过来帮忙推车，忙活了两个多钟头，才使拉猪饲料的车出了泥坑。徐志荣知道，现在是商品社会讲求经济效益，就给他们每人二十块帮忙费，可这位张老伯说死也不要……这不，多亏了刚才他的儿子张鹏，用热毛巾擦净了老伯脸上的血渍，徐志荣才看清楚他左脸颊上那颗黑痣，方才认了出来。

等到把话说透，张老伯这才醒悟，他感叹道："想不到今天我们在这种场合见面。"

"不过，张老伯，你放心，"徐志荣拉着他的手说，"你今天不会白挨撞，我会给你找人赔偿的。"经徐志荣这一说，张老伯和他的儿子张鹏，以及身旁的人们都是一头雾水地望着他。"你知道撞你的人是谁吗？"徐志荣咬着牙气愤地说，"我看得很清楚，他是我的亲外甥，建筑工地的二包头，车号是：F2538。"

这时，张老伯的儿子张鹏一下子拉着徐志荣的手感慨万端地说道："想不到你真是一个好人哪！"

与对手竞争

最近，腾达化工公司的罗总给销售部选派了一名副经理叫肖一飞，此人是某名牌大学营销系的高材生，罗总希望车大新多多关照新人。部门经理车大新点头称是，但是，等罗总离开办公室后他心里暗暗想道：销售部都是基本工资加提成，你肖一飞日后有了辉煌的业绩，那不是在抢我的饭碗吗？

他们腾达化工公司实际就是一个农药厂，专门生产杀虫剂、除草剂等类药物，因为厂子不大，面临的销售市场竞争激烈，尤其省外销售是块硬骨头很难开发，所以车大新就想让肖一飞跑省外销售，可自己又不好直说，就让他先写一个全年销售计划报告再说。

很快肖一飞就拿出来了一个可行性报告，重点是让公司多投入广告费增加宣传力度。车大新一看，完全是胡扯蛋，每年的广告费都是包干制，只够半年用，哪里有更多的闲余资金？他带着一个苦瓜脸找到罗总喊穷叫苦。罗总就将肖一飞叫来一起商议这件事情，让他们各拿出一个方案，重要的是他还在最后表示，在这一年内，广告费用就这么多，谁的业绩大，谁就是销售部的经理。最后的结果是，肖一飞提议，将省内和省外的销售分成两块，广告费用一分为二，请车大新挑选。

车大新是老销售了，知道本省的已经形成规模，而省外客户星星点点，出去联系业务、运输物流开支很大，当然省内的事情要好做多啦。不过，在外表上他没有喜形于色，而是装作为难地说：

"我在公司要做好多事情，而小肖年轻有为不可多得，最适合到省外开拓市场，还是让他去吧！"肖一飞看车大新点了自己的将，只好当着罗总的面签订了承包合同。

谁知，肖一飞年轻气盛，一上任就大手大脚，他不惜个人贷款，首先讲排场购买了一部面包车，又组建了一支浩浩荡荡的10人歌舞演出队，在周边的五个省份巡回宣传打出广告，甚至深入到一些乡镇，趁演出间隙，向农民朋友介绍有关农药的用途和效果。可是，前三个月，他的销售业绩很不理想，而且还亏了几万元，车大新得知消息心中大喜：看来这年轻人还是毛嫩哪！等着看他的笑话吧。

后来的事情峰回路转，在下半年的销售中，肖一飞的销售额突飞猛进不断攀升，业绩竟然达到空前的规模，使得厂里的产品供不应求，到年终一结算，肖一飞的业绩要超过车大新的七八倍还多，毫无疑问肖一飞成了销售部的经理，而车大新只好退居副职。

车大新是个个性很强的人，他感到败于一个新人之手，觉得自己很没面子，决定辞职。这天，当辞职报告递到罗总手中时，罗总说你辞职也可以，但是，在走之前，你是不是再见一下肖一飞好好交接一下呢？车大新点了点头，实际他也想了解一下，与肖一飞相比自己究竟败在了什么地方？

还没有等车大新找肖一飞，肖一飞听罗总说车大新竟然要辞职，就马上把他请到了一家酒店小酌几杯。

雅间里就他二人，当几杯酒下肚，车大新红着脸不解地询问肖一飞："我想知道，你到底使用了什么方法，短短几个月时间，业绩竟然超过了我七八倍？"

肖一飞想了想说道："实际也没有什么大不了的，我只是以诚信为本，逐步取得用户的信任。春天的时候，利用演出宣传，甚至将产品免费给当地的农民使用，并提供定期的技术咨询，这样做，虽然暂时亏了一部分，但我们却靠自己的诚信和实力占领了市场，

取得了老百姓的信任，到了使用旺季他们会踊跃购买，当地销售点自然肯进我们的货了。"

两人正说着话，这时，雅间内突然走进来一个人，他竟然是罗总。罗总手招了招说："怎么？不欢迎。"

一时惊愣的肖一飞和车大新都忙邀请罗总入座。原来罗总是送走了一个客户之后看还有点儿时间就赶过来了。他主要想再给车大新解释一下，为什么他让肖一飞加入他们这个销售团队？目的就是想增加一点竞争的活力，一个公司要生存不能是死水一潭。车大新点头称是。交谈了一阵之后，罗总问车大新知道不知道肖一飞与他是啥关系？车大新说是上下级关系呀！罗总说你只说对了一部分，肖一飞实际上是他的亲外甥，如果想让他做这个销售部的经理，他完全可以直接任命，但是，他要让肖一飞去努力证明自己。说到这里，罗总郑重地问道："你现在还想辞职吗？"

车大新不好意思地向罗总要过那份辞职报告一下子撕掉了，他手一挥说："明年我和小肖竞争。"

这下罗总马上笑了。在他的提议下，三个人站起来碰杯，然后爽快地一饮而尽。

那年冬天

收罢秋后，大队响应上级号召，组织人参加狮山水库的水利建设。"大跃进"吃食堂的第二个年头，大队食堂因为粮食紧缺，做出来的饭菜清汤寡水，人们根本吃不饱，个个面黄肌瘦。再说大队规定每户严禁烟火，如果发现谁家烟囱冒烟偷偷做饭是会挨批斗的。在这个节骨眼上，人的命都朝不保夕，再让人到狮山修大坝，当然都不情愿去。

按规定小队里外出修水利、挖渠等，都是按户轮换，正好这回轮到白山根家出人了。不巧的是，白山根的老爹老寒腰直不起身子，而山根这年20岁，个头较高还算壮实，可他嘴巴乖巧的妈却不放心他去，就找到时任大队长兼小队队长的我爹，推说他们山根最近得了痢疾起不了床，让我爹通融一下另派别人。

我爹是个心软的人，明知道轮着他出工而不去，那别人也不会答应，怎么办呢？中午我爹就蹲在炙热的屋檐下抽着旱烟默默思忖。这时，村头的大铁钟响了，食堂开饭了。看爹还愣在那里，我就过去喊他吃饭！谁知爹看我过来，眼睛瞬间一亮，他磕了磕烟锅，就把我喊到跟前商议说："小强，我给你商量个事儿。"随后，他就说山根他爹老寒腰干不了活，而山根又有急病，大队让去狮山搞水利催得风火急，不如就让我顶他的名号去狮山。

那年我刚到18岁，个矮体轻，也不懂得什么利害关系，就点头答应说爹做主吧。但是，我妈知道后一百个不同意，去狮山修水库

那可是玩命的事情。我爹不愧为干过多年的老干部，就找来大队妇联主任顾大嫂和几位干部前来讲情，他们轮番上阵动之以情晓之以理，连续一天一夜做工作，终于将我妈拿下，她最终同意放人——但前提就是交代带班的老五叔担保，让我能平安回来。

想不到上狮山修大坝真是玩命的事情。

狮山在我们村的东南方向七八十里地处，有狮河自西向东蜿蜒而去三十多里，到了这里河道宽阔形成了一个大湖，我们来的目的就是在两座大山中修一条一里多地长的大坝，将狮河拦腰斩断成为一座中型水库，蓄的水将来可以浇灌十来个公社的土地。

工地上有十来个公社的民工，干活时红旗招展喧闹一片，由于划段干活，因此互相间竞争激烈。为了抢时间争进度，每天要干十多个小时的活儿。刚开始逢枯水季节，那狮河水细细地从一侧流过，大坝修地基时多以挑土为主，干活的人要肩担两个荆条箩头小步奔跑，每一担都在 150 斤左右。当时我的个头低、力气小，老五叔为照顾我就让我上土。可上土这活也不轻松，一个人要供应两个担土的。再说，每一个干活的民工，每天所得的工分都是一样的，看我一直用锨装土，曾与我爹有过节的姚大狗就牢骚满腹，说："不干了，不干了，工分都是一样的，干活也得一样。"说罢就撂了挑子。

老五叔看姚大狗一针见血地挑明，也无话可说，只好找我商量，不中就让我回去。但我毕竟是 18 岁的男子汉了，就捡起姚大狗的担子去挑土，声言他挑几担我也挑几担。可姚大狗这人心阴歹毒，临到他装土时明知我年少缺力，却装满上足且拼命狠拍，有时还上去跺几脚踩坚实。老五叔看不下去，瞪了瞪姚大狗，就要拽过挑子与我替换。我没有答应，而是咬着牙硬扛着决不服软。可等干了一天后入夜躺倒床上，累得我腿抽筋直发烧，只得把身子蜷缩成一团，但是，就是这样我始终也没有服输叫一声苦。

很快大坝一天天高起来，再用箩头担土就显得十分吃力，进度就十分缓慢了。

一天拉粮草的胶轮大车来送东西，我看后突发灵感，在心里揣摩能不能利用这胶轮转圈的作用……我初中毕业，脑子就想到了以前学到的力学原理、杠杆作用，最后，我找到老五叔，说明了自己的想法：就是在大坝高处固定一个铁桩和铁轮，然后拴上绳子用人拉着下行，这样架子车就会轻松被拉到坝顶，既省力又改进了工作效率。当时他一听很支持，当下就找来必需的材料让我实验。结果五天后，我做的爬坡器实验成功。

在当时，不要轻看了这减轻体力劳动的小小发明，很快就得到推广，我被选入公社水利工程队做了施工员……

三个月后，狮山水库的大坝修成了。

临近春节，我们回到老家，却得知消息，让我替其出工的白山根却意外死亡。原来，自从我们上狮山后，家里生产队遵照上级的指示，大力宣传"人有多大胆，地有多高产"的精神，也开展了兴修梯田的大会战，白山根因为躲避出工，就谎称有病，当然，有病的人不干活，食堂里打的饭就少，那山根个子高饭量大，吃不饱肚子就在晚上偷生产队菜地的菜，可惜夜里偷着做菜汤吃，不干不净就真的患了痢疾，因治疗不及时，一个星期后就一命呜呼。

当晚，山根妈来到我家，她看到我安全归来，不免想起了山根，她拉着我的手泪流满面地说："你们上坝干活，虽然吃的是黑面窝头，总算能让人吃饱，要是让山根去也许就不会死了。"

我爹在一旁吧嗒吧嗒抽着旱烟郁郁地说道："人死不能复生，眼下再说这些还有啥用哪？"

的确是的，那年冬季，我们队里在兴修梯田时，因饥饿和劳累死于非命的人不下二十多人哪！

不愿相认的儿子

求　助

今年73岁的顾俊才在县医院确诊为肝癌晚期后，老伴一再宽慰他，没事儿，不中咱去市医院、省医院，省医院不中咱去北京。女儿梅英也一再表示，现在的医疗条件发达了，换肾换心换脑子，什么都可以换，还怕一个肝癌不成？可是顾俊才说死也不愿再治了，非要回家，不然就绝食。实在没有办法了，顾梅英只好让医生开了一袋子针剂中药，拿了回来。

回到顾家庄，顾梅英一天两遍为他老父亲煎汤熬药，并找来一位个体医生为老爹挂吊瓶。过了十来天，因家里有事顾梅英要回去，临走的头天晚上，顾俊才把闺女叫到床头说道："英啊，这回爹是过不去啦，俗话说，73、84，阎王不叫自己去。"说到这里他欲言又止。

一旁的梅英擦着泪说："有啥要说的话你尽管说出来，我会尽力给你办的。"

顾俊才苦苦一笑说道："爹年轻时也算江湖中人，凭着一面小鼓一副钢板吃遍天下，福没少享，罪也没有少受，却让你和你妈在家没少牵肠挂肚。"回忆了一番当年的境遇遭际顾俊才感慨良多，末了又说道："要说70多岁的人啦，也快死了，可我在临死前最想做的一件事是想再见你弟弟小水一面。"一说到小水，一旁的老伴也抹起了眼泪。

要说，大伙与小水快有 30 年没有见面啦！当年的顾俊才可是性格爽快活泼开朗的人，自幼拜师学成了演唱南阳鼓儿词，之后单独出门卖艺，天南海北跑了不少地方。那年在去湖北钟祥刘家湾认识了一位姓江的朋友，不幸的是他的哥嫂相继亡故，撇下了两个侄儿，大的八九岁，小的只有六七岁。他自己还有三个孩子，加上又添了两口人无力供养，就打算把小侄儿送给他。当时顾俊才只有一个姑娘梅英，也想要个儿子，就将这个小男孩收养做了儿子，给他起名叫顾小水，跟着自己出门卖唱学艺。

　　记得顾小水长到 17 岁，有一回，他在跟姐姐争抢锄头的时候，把梅英的额头碰伤流了不少血，为此，顾俊才打了他。谁知当天夜里，他带上简单的换洗衣服竟然偷偷跑了。第二天顾俊才托人四处寻找，甚至找到湖北钟祥他原来的老家也没有找到人。老伴哭闹生气，而顾俊才后悔得直往墙上撞。此后等啊等，小水再也没有回来，老伴快哭瞎了眼睛，顾俊才更是懊悔得不行，算算小水已经出走 27 年了，他如今还在人世吗？顾俊才无论如何想弄个明白。三个人在屋子里想象着小水那时的诸般好处，不觉得眼睛都湿润了。

　　思来想去了好半天，梅英想起一个主意：前些时顾俊才的病情还没有确诊，柳溪镇文化站长杨星来了，说是县文化局要整理非物质文化遗产，而顾俊才是全县唱南阳鼓儿词数一数二的人物，正是需要整理的对象。顾俊才忍着肝部的剧疼，在小院里摆上小鼓，拿起钢板，让他录下了《包公案》、《罗成算卦》等几出传统剧目。当时顾俊才累得满头冒汗，不能再唱下去了，还有一些段子说等他身体好些了再录。这回不如借杨站长来录音的机会，让他想想办法。

　　这事儿没有费多大周折，一个电话打过去，杨站长就拿着录音设备来了。甫看顾俊才躺在床上有气无力，一说要录节目，他精神来了，硬撑着劲起来，在院子里录了几个小段子。等录制完后，梅英将杨站长拉到一旁，说明了老爹目前的病情和想寻找小水的情

况，杨站长细问一番后满口答应，说是可以借助现在的互联网试试，因为他还有不少这方面的朋友，在网上可以发帖求助。

求　情

事情是意想不到的顺利，杨站长回去后，一方面求助湖北一些文化界、新闻界的朋友，一方面在网上发帖寻找，很快得到了消息。当年的顾小水如今叫江小水，他的哥哥叫江大根，现在仍然在钟祥的姚湾居住。当年顾俊才去钟祥老家找寻时，他的哥嫂带着小水已经去了30里外的一个亲戚那里落户。只是顾俊才当时停留的时间较短，所以错过了找到小水的机会。过了几年之后，他们又回到了原籍。所幸的是，杨站长的那位朋友还为他找到了一个江大根的电话号码。

当天，顾梅英就给江大根打去了电话，因为语言的障碍，加上这么长时间没有联系，所以对方并没有想象的那样配合，一听说打听小水的近况，江大根却一口回绝了，对方害怕顾梅英是骗子，很快挂了电话。

停了几天，看到老爹光呕吐，茶饭不进，病情是愈加严重，在世的日子不会长久。顾梅英是心急如焚，决定亲自去一趟。

当顾梅英带着大包小包的礼品，来到湖北钟祥江大根的家中时，江大根表现得很冷淡，见面后就抱怨顾梅英："听说你们家过去好的东西都让你吃了，经常打骂虐待我的弟弟，还千方百计赶他走。"后来，不管顾梅英是怎样解释，说他们的家人是如何地对小水照顾和关怀，可江大根就是不信。没有办法，顾梅英为了表示自己的清白和真诚，当着他的面，眼含委屈的热泪，跪在当院赌咒发誓，这才得到了他们全家的信任。江大根的妻子忙将她搀进屋中，慢慢讲了小水的一些情况。

原来，这小水居住的钟祥是个盛产大米的地方，他去到北方的柳溪镇吃的大多数是粗粮和麦面。到北方长期吃面食很是不习惯，加上又与梅英有些纠葛，就产生了出走的念头。回来之后，他先是跟着哥嫂，可是经常在外惯了，不免与哥嫂产生一些矛盾，然后就借生产队搞水利工程的机会出去了。由于他会演唱南阳鼓儿词的技艺，被抽调到工程指挥部搞宣传工作。正是有了这门特长，很快被保送入伍当兵。等他到了部队，仍然靠唱鼓儿词进了部队文工团。再后来转业被分到了四川一个文化部门当了局长……由于过去的恩恩怨怨，他对哥嫂也抱有成见，近年来，也很少与家中联系。说到后来，江大根幽幽地道："现在我们也没有什么瓜葛，他当了干部，我们是小老百姓，井水不犯河水。"说罢，递给顾梅英一个小水的电话号码，让她自己与他联系。

由于寻弟心切，顾梅英马上就用手机给小水打过去电话，对方接后问道："喂，你是哪里？"

顾梅英听到了小水的声音，激动得连声叫道："喂喂，喂，你是小水吧？"

小水疑惑地问道："你是谁呀？"

"我是你英姐呀！"

"你是哪个英姐？"

"我就是你河南唐州顾梅英姐呀！"她不再给对方回答的机会，就连珠炮似地说道："你现在还好吗？咱爹咱妈可想你啦，你走了也再不跟家里联系了，你不知道咱爹咱妈是多伤心啊！咱妈快哭瞎了眼睛，咱爹得了肝癌晚期，临死想见见你……"

等了好长时间，小水才嗯了一声，说他眼下没有时间呀。

顾梅英心想他可能是想推脱，就再三声明说："我今天跟你联系，你可要打消顾虑，让你回来看看咱爹咱妈，并不打算让你尽什么义务，主要也是让老人们了却一桩心愿。他们都是将死之人，难

道你连这点善心也不愿拿出来吗?"

"好吧,我现在还有事,等以后有机会了再说吧。"小水说着挂了电话。

顾梅英拿着手机的手久久地愣在了那里。身旁的小水哥嫂也劝她,别费工夫了,他不会理你的。可是,家中的爹妈还在等着她的好消息呢,她不愿意放弃这最后一线希望。等了一会儿,她又打过去电话。可惜他关机了。停了一段时间,她又打过去,这回他接了。但开口就问:"你有完没完?"顾梅英为了争取时间,忙说道:"小水弟弟,你千万不要挂呀!等我说完。我现在求求你啦,你一定要回来看看啊!咱爹说啦,如果见不到你,他死也不瞑目哇!"

"我真的不想回去,真的不想回去。你是不知道,我恨咱爹。那时我真的喜欢你,真的,希望咱能成为一家人……可咱爹百般阻挠,看我哪都不顺眼。你应该知道,咱们并没有血缘关系,完全是可以的。"

这时的顾梅英傻眼了,她一直将他当做亲弟弟看待的,谁知道他还存有这份心?

求　祭

回到顾家庄后,顾梅英告诉爹说,小水答应了,过几天他就会回来看他的,可是,一直等了一个多月,也没有小水丁点儿消息,顾俊才终于不治而亡。可是等埋罢老人三天之后,小水却打回来电话,说他现在已在路上,很快就要到家。

做梦也想不到,经过一天一夜奔波回来的小水,进了顾家庄竟然是这样一副模样,下了电动三轮车,只见他挂着双拐,头发蓬乱,脸色发青,双眼红肿。问到顾俊才家,当梅英妈妈看到他后,都不认识他是谁了。多亏了顾梅英还在这里,做了介绍。小水拉着梅英妈的手喊了一声妈。谁知天天盼、夜夜想的梅英妈一把把他的手摔过去了："谁是你的妈，真是狼心狗肺，白养你一场。"

一番抢白，使小水的眼泪刷地一下流了出来。听小水说，他的经历并不像他的哥哥嫂嫂说的那样。原来，那时候，小水一直暗恋着梅英，认为她活泼开朗、待人热情，有事没事他喜欢与梅英姐姐在一起。而爹呢总说他一身小女人气，尽量减少他与梅英的接触。回数多了引起了他的反感，他便借那次与梅英吵架的机会出走了。可是回到老家后，哥嫂生怕他这次回来与他们争家产，并不待见他，还处处难为他。后来他只好找队长说合去了水利工地，然后当了兵……在部队干了几年，分到了当地一个说唱团里。哪想到这几年说唱艺术不景气，又被分到了一个县文化馆，不久又下岗了。妻子原是酱菜厂的工人，此后也被分流了，只好去街上摆一小摊维持生计。日子自然不好过，哪有闲钱回家，所以哥嫂对他有意见，两家来往很少。小水本来是个有志气的人，想着等混出来个模样了再回顾家庄，想不到这一别就是 27 年。前些时候他接了梅英的电话，想起前情心里不是滋味。停了几天之后，他终于决定回来一趟看看爹，谁知就在刚出县城却遇上了一场车祸，腿被撞骨折……

梅英关切地说，你咋不给我打个电话呢？

"还不是怕你们担心嘛！"随后，他手一摆说，"不说啦不说啦。"回头又问："咱爹呢？"

一提老人家，梅英揾揾眼说："他等不着你已经走啦。"梅英妈接着说："娃儿啊，这辈子你甭想再见到他啦！"

小水执意要上坟上去看看。梅英妈说你刚到家，身体又不好，再说眼下人已经死了，看看又有啥用呢？可小水非要上坟，去祭拜祭拜曾养育过他的老爹。梅英和梅英妈看劝不住他，只好陪着他来到了坟上。

在顾俊才的新坟上，小水丢下双拐跪在坟前，泪像不断线的珠

子落下来。半天后，他才缓缓说道："爹，我对不起你，回来得太晚了。当年我为一点鸡毛蒜皮的小事是不应该走的，那些往事都让它过去吧。如今我虽然当了兵，转了干，离开了这片土地，却生疏了鼓儿词这门曲艺，今天我就在这里为你唱上一段吧，看我还像不像当年的小水。"说着话，他坐在坟前，从口袋里取出一副钢板，用右手握好，再从地上拣起一根树棍攥在左手，然后轻轻地敲打着面前的拐杖，想了想小声地唱起来：

战鼓打，钢板棱；各位亲朋稳坐两厢慢慢听。

我本是游子人一名，饱受坎坷到唐城。

好在师傅又是爹，教我学艺到五更；

娘亲端来鸡蛋面，让我体会母儿情。

谁料为恋跌深坑，匆匆出走如风筝。

如今时近三十载，想见爹爹何处寻？

爹爹爹爹可知情，为儿未能报父恩；

千刀万剐我的错，愁肠欲断疼煞人……

唱到这里，小水猛地扑到地下，哽咽着哭出声来。身边的梅英和妈妈也凑过来拉他回去，劝他道："人死不能复生，过去的就让它过去吧……"

此后，顾小水带着妻儿离开了四川，回到了柳溪镇顾家庄，通过杨站长的帮助，在文化站找了一份工作，专门研究、录制、整理即将濒临灭绝、起源于唐宋时期的南阳鼓儿词。后来围绕这些流传的故事，他写出了一部名叫《鼓儿哼传奇》的长篇小说，听说后来还改编成了电视剧，在全国引起了不小的轰动。

第三辑　幽默星空

不倒翁与美丽鸟

人事局长老贾退休了，整天无所事事，他就买回了一台电脑，慢慢学着上网。可是，老同志遇上了新问题，他只会简单的上网下线，根本不会网上的具体操作。好在老贾人缘好，托人找了一位懂电脑的行家给以指导，他便似懂非懂又玩起来了。但是他毕竟是六十多岁的人了，指头笨，脑子反应慢，临时抱佛脚学的那点拼音、五笔全都不顶事。后来他干脆买回来了写字板、汉显笔，用手写才慢慢凑合。

他先在一家叫"天堂好自飞"的网站注了册，开了博客，起了一个"不倒翁"的网名，然后他想了不少在酒场上听到的黄段子，极为认真地发在自己的博客上。可是，等了好长时间很少有网友来访，就是偶尔有人访问也是来去匆匆，根本无人留言，弄得他很尴尬。没有办法他就到处加好友，邀请网友来访问，仍是效果不佳。

想着这样下去不行，他就到几个聊天室找人聊天，无奈没有人愿意和他聊，每一回他刚刚和人接上话，人家就把他给撂了，令他很生气。这天，他又上了一家聊天室，遇上了一个网名叫"火凤凰"的人，他主动追上去求聊，谁知人家与他刚说了一句话就不愿搭腔了。这回老贾来了气，死皮赖脸地缠上去，追问人家为什么不搭理他？大有不问个清楚明白不罢休的势头。到后来人家被问得不耐烦了，就大骂他"臭流氓"。这下子更是让他难以接受，他质问人家"我咋臭流氓啦？"而且非要讨个说法不可。人家就气势汹汹

地打出字说："我一个姑娘家，你一个老头子却要死缠活缠跟我聊天，不是流氓是什么？"老贾当然不服气，打出字说："我找你聊天就算流氓了？"这回"火凤凰"又打出字回应："你不是流氓是什么？还不倒翁呢?!"

噢，原来毛病出在了这个网名上。

吸取了上回的深刻教训，老贾在另一家网站注了册，年龄填为22周岁，未婚女性，起了个响亮的网名叫"美丽鸟"，还从不少美丽的明星图片中，选出了一张很性感的女星照片上传为自己的个性照。哪料到这下子不得了啦，他的博客点击率直线上升，新贴上的黄段子也得到网友们的极高评价，说他是活跃民间艺术的急先锋、展示性科学的卫道士、领时代风气的前卫女作家、跨世纪的弄潮儿……

做梦也想不到，老贾也有了自己的粉丝，很多少男少女给他的电子邮箱发来情真意切的信件，深刻地表达了对他的崇拜和敬仰。更加令人兴奋的是，还有几位小男生非要他的电话号码不可，坚持要与他们心中的女神通话。老贾当然知道，通话肯定是不可能的，假若一旦通话，那不露馅了？他只好搪塞他们，让他们好好学习或是好好工作，不要过早地谈情说爱。

还有一位在校大学生，决定以他某些有特色的黄段子为切入点，写一篇毕业论文。最有意思的是，竟有一位男青年对他崇拜得五体投地，并且爱上了他，非要与他谈朋友。他告诉这青年这是不可能的。没想到那位男青年寻死觅活，再三声明，如果老贾不答应，他就要为他心中的女神去殉情。一看要闹出人命，这事非同小可，老贾就声称自己不是他想象的美貌姑娘，却是一个胡子霜染的老头。谁知那位青年发来邮件说："你不要骗我了，你既然是一位领风气之先的美女作家，就应该敢于承担责任。你不爱我也可以，但我在临死之前非要见你一面不可。爱你的 USO。"

　　怎么办？想不到一场网络游戏弄得老贾骑虎难下。这个虚拟的世界不是他老贾的天地，他断然决定退出网络。可是他能干些什么呢？过去自己从一个小职员默默工作，一步步当上了局长，不会下棋、不会弄拳、不会养花、不会钓鱼……甚至没有什么爱好。思来想去他决定出去旅游，过去他经常带着单位里的人出去考察，旅游是他的强项。

　　他给那位男青年发了一封电子邮件，说他出去旅游了，去了很远很远的地方，如果小青年真要死，一切与他老贾无关！

制造错误

自从老婆发现我与单位上的高萍萍有暧昧关系之后，在经济上对我实行了严格的控制，每月的工资限令我如数交公，就算法外开恩给的一点可怜的烟酒钱，她也会计算到骨头缝儿里。

要说我与高萍萍的来往，大不了就是一同去过一次酒吧、两回溜冰场、三遭咖啡馆，而多数都是忙完公务，应高萍萍之邀出去消遣一下，可买单的自然是我。

缺少了经济来源，好多逢场作戏的场合我自然不能去了，当然经老婆的提醒，与高萍萍也保持了适当的距离。虽然少了应酬的麻烦，但是，我在同事中的地位是每况愈下，好多人再有了什么自助的活动就不叫我，竟然还说长道短，认为我是"妻管炎"！这不是寒碜人吗？想当初我可不是这样的啊！因为自己是一名公务员，拿着一份不菲的工资，每天回家，享受着老婆的热饭、热菜；上班时，衣服要等她给我熨好，再认真给打上领带，我才夹着包出门而去。如今可是今非昔比、风光不再。

我力争要改变这一现状。

还甭说，终于让我逮到了机会。这不，单位上的老王，让我为他代写一份材料，他死拉活拽给了我 200 元的"润笔费"。收到钱后回到家，我得意的热度还没有消失，老婆风情万种地走到我的面前，用那种陌生的眼神直直地看着我，半天才说："今天看你眉头舒展、脸色红润，是否有财运到来？"

我忙矢口否认。

她说："不会吧？凭我做你老婆的第六感觉，你应该有。"我说真的没有。谁知，她采取了强硬措施，竟然下手从我的内衣口袋里掏出了那200元"赃款"。我看事情败露，当下向她承认了错误，并再三恳求，以后再得了额外的收入，绝不会私藏，定会第一时间交公。并且我还真诚地解释：因为最近私人财政吃紧，入不敷出，希望她能放一马，发放一点奖金给予鼓励。

这时，老婆微微一笑，说："看你今天认错态度较好，我暂不与你计较。"说罢，取出一张二十元给我。而我呢，千恩万谢一番之后，忙将功补过系上围裙下了厨房。

此事虽然过去，但我心中一直打了一个问号，在自己得了润笔费后，为什么老婆能那么快地知道消息？按照推测，我的身边分明有"卧底"，而这人到底是谁呢？任我想疼了脑袋，也没有猜出个所以然来。

这天，我下班回家，看门虚掩着，轻手轻脚走进去，突然听到老婆在打电话，说的内容让我吃惊："喂，萍萍，谢谢你的配合，现在老公乖多啦！是，对男人嘛，就应该动点心思，只有给他制造点错误，再攥在自己手中，他才会心甘情愿对你俯首称臣……"

送给镇长倒运猫

送猫出门

刘小亮家最近老猫生了两只小猫，一只送人了，另一只却无人要，他心里有点纳闷，这么一只活泼可爱的小黑猫却没人要？就有气似的给老婆说，没人要，咱干脆养着算啦。老婆就白了他一眼，说："蠢货，你没听人说，人不过五口，不能养双猫二狗。咱才四个人，说啥也要把它送人。"

那就找家儿送吧。到底送给谁呢？这天晚上，刘小亮就和老婆仔细商量。老婆说，以前仁杰家大婶交代过要来着，怎么说不要就不要了呢？不中还找他们。

第二天，刘小亮就又找到刘仁杰。

一见面刘仁杰就吞吞吐吐地说，你就是给俺一百块钱，这小猫俺也不能要。刘小亮就很不理解，为什么这只猫你就不能要呢？

绕了半天弯子，刘仁杰才说出了个中原委。原来，这只小黑猫眼目上方有白道，尤其它的额头上还有一个月牙形的白斑，再加上四只脚爪上部也有白色，这不分明……他话说到此，使刘小亮恍然大悟：仁杰大叔的意思是说，四只脚爪和额头有白色，在农村是戴孝的意思，不吉利、晦气、让人倒运，怪不得村上的人都不愿要呢，原来船弯在这里啊！那别人不要自己留下来也有妨碍呀！这只小猫就像一只烫手的山芋，弄得刘小亮心神不安，他和老婆商定，等到第二天清晨，他起早把这只小黑猫扔到庄外算啦。

次日，刘小亮起了个大早，也不顾那只小黑猫喵喵叫，就恼狠地从母猫的怀里抓过这只倒运猫出了大门。等他刚走到村口，却碰见了狗蛋。这狗蛋大号叫王宏伟，甭看他小学没有毕业，因为脑子好使，先是在镇上倒腾生意，而后跟着一个建筑队的老板做二工头，如今在镇上另立门户成立了一个宏伟建筑公司，资产过千万。这会儿他正骑摩托出村，看到刘小亮抱着一只喵喵叫的小猫，就有点好奇地问他干啥去？刘小亮就没有好气地说："干啥不干啥与你不相干。"碰巧这狗蛋是个打破砂锅问到底的人，非要弄个清楚。刘小亮就没好气地给他说了这只小猫村上没人要的烦心事。狗蛋上前一看来了兴致，心想：哼哼，何不送给苗镇长呢？也算给自己出口恶气。随后，他给刘小亮说："嗯！这只猫是不咋好，不过我可以给你找个家儿。"

刘小亮一听狗蛋能送人，巴不得早点儿脱手，随手递给他，扭头回家了。

送猫后悔

狗蛋马上打道回府，和老婆小声嘀咕了几句，再三嘱咐她要精心侍候，并且下了硬性指标，让她在十天之内将这只小猫喂养得膘满肥壮。

十天后，老婆果然不负狗蛋的厚望，将那只小猫喂养得像吹糖人一样，不但个头大，而且显得更加聪慧乖巧、活泼可爱。

这天晚上，狗蛋把那只小黑猫装进了一只铁笼子去了苗镇长的家。

狗蛋心里有自己的小九九。前不久，他们柳溪镇为了响应上级号召，大力发展小城镇建设，街道要改扩建，镇政府很快在这项工

程上准备投招标，而直接负责这项工程的就是苗镇长。据说镇上具有建筑资质的，除了他们宏伟建筑公司，还有张发建筑公司等三家，其他三家都有很强的实力，所以想要得到这项工程就要费点心思。为了这件事情，狗蛋曾经煞费苦心地给苗镇长送礼、送钱，可惜苗镇长是油盐不进一概谢绝。如果他的钱物送不出去，这项工程那肯定要泡汤。没几天，又传出消息，张发建筑公司的张总不但托人从东北捎回来了几支价格昂贵的东北老山参送给了苗镇长，还送了苗镇长十万元钱，他都照章收下了，看来这工程铁定要给张总来做。所以他要施展一下自己的报复计划，送只倒运猫让苗镇长沾点晦气，也出出自己的恶气。如果苗镇长不要这只小猫，他就将他收受张总钱物的事情捅出去。

进了苗镇长的家后，狗蛋点头哈腰说最近去了一趟南方，在一个宠物市场上看到了这只小黑猫就买下了，打算送给苗镇长赏玩，也不知道他喜欢不喜欢？

说着话，在苗镇长宽敞的客厅内，狗蛋忙将小黑猫放了出来，虽然小黑猫有细细的腰身、黑缎子似的绒毛，可它眼眉上方有山字形的白道，四爪上各有一点白片儿，最显眼的是额头上有一块月牙形的白斑。苗夫人一见，脸一沉，感觉不爽："俺家里喂有波斯猫，你还是将它带回去自己养吧。"而坐在沙发上的苗镇长看了看，眼前一亮，顺口说道："既然这只猫拿来了就收下吧。"随后问狗蛋得多少钱？狗蛋不好意思地说，这点小钱还用你来掏吗？这时，苗镇长有点儿生气了，说："如果你不按价收款，那你就带回去吧。"

狗蛋支支吾吾地说不出话了。

苗镇长看狗蛋不利索，就问："一千块够不够？"狗蛋一看苗镇长非要出钱，只好顺嘴说是200块。苗镇长就让一脸不高兴的老婆取了钱，然后很礼貌地送狗蛋出门。

出了苗镇长的家，狗蛋居然有了一丝恶作剧的快感。不过瞬间

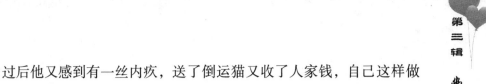

过后他又感到有一丝内疚，送了倒运猫又收了人家钱，自己这样做是不是有点不地道？

果真，狗蛋回到家里有点后悔了！如果不送那只该死的小黑猫，兴许还有一线希望，如今把它送给了苗镇长，又收了人家的钱，看来承包这项工程真的彻底无望。思来想去他还是不死心，还想做些弥补，能通过什么途径挽回败局呢？

盘算来盘算去，狗蛋想起了一个人。

送猫有运

柳溪镇政府办公室有位叫小宁的办事员，是狗蛋弟弟的同学，原先是一位教师，后来写了不少新闻稿发表在地方报刊上，去年被破格提到了镇府办。狗蛋就去家里找到他说明了情况。小宁想了想把他埋怨了一顿："老哥呀老哥，你还是经多见广的人呢，咋能没有一点头脑呢？你图了一时痛快，却断了自己的后路，这可得不偿失啊！"狗蛋无奈地说，怪自己一时脑子缺氧，做出了这样的事儿，如今事情到了这步田地，再埋怨也无用了，今天找你来就是想让你再想一个妥善的法子看能否挽救一下！

过去，小宁与狗蛋的弟弟是同学，两人关系密切。自从小宁调到镇府办后，与狗蛋也经常来往。今天狗蛋来找他帮忙，小宁当然不好拒绝。这时的小宁在屋中走了几步，突然眉头一皱说："有了。"而后交代他，苗镇长平时比较喜欢豫剧、曲剧等地方戏，你不如投其所好，就再贴点钱，买它一千块钱的地方戏曲书籍——如《梨园春流行唱段选》、《曲剧唱段集锦》和光碟等，捐给镇委图书室，我再写一篇新闻稿报道一下，兴许还能做点补救。

狗蛋一想也只好这样了。

一切进行得很顺利，当小宁把事情办好，又交代了苗镇长后，

他只是意味深长地笑了笑!

时间不长,镇上举行了工程项目的公开招标,经过一番论证,狗蛋的宏伟建筑公司被宣布承揽了这个项目。

能承揽这项工程,确实出乎狗蛋的预料,不过让人更意外的是,狗蛋的竞争对手张总,暗中送苗镇长的老山参和十万元钱被苗镇长统统上交给了县纪委,而且还对他做了不点名的批评。这件事只有狗蛋心知肚明,全仗小宁的帮忙,若不是他的那篇在市报上的报道,这工程怎么也轮不到他。所以狗蛋是个知恩图报的人,选了个好日子,在仙客来大酒店请了小宁一顿。

席间,酒过三巡菜过五味,狗蛋再次端起了酒杯,十分感激地说:"这回的工程承包多亏了老弟的帮忙,我得多敬你两杯。"

这会儿的小宁干了一杯酒后,神秘地说:"老哥,这事儿起关键作用的不在我,而在你。"

这时的狗蛋不好意思地笑笑说:"老弟,你不是在取笑我吧?"

小宁很真诚地点点头说:"是真的。"随后,他向狗蛋说明了个中原因。好长时间他才知道,原来,那天晚上狗蛋本意是想恶作剧,送给苗镇长一只倒运猫。苗镇长的老婆是农村人,也看出了其中的端倪,所以脸上表现出了不愉快。等狗蛋走后,苗镇长的老婆就埋怨他不该要。而苗镇长生来喜爱戏曲,没事儿的时候还爱哼几句地方戏。看到这只小黑猫的眼目上方有山字形白斑块,特别额头上有一条月牙形的白道很显眼,这让苗镇长很感兴趣,因为他平时还有一个爱好就是喜欢收藏脸谱,他认为这只小黑猫的脸就是一张很绝妙的脸谱。而他的老婆则认为这只猫不吉利,坚持让苗镇长扔掉,说你没有看到这只黑猫四爪有白和额头上的白斑块都是戴孝的意思,对人、对家庭都很不吉利,倒运。这时的苗镇长沉思片刻脑子豁然开朗,指着老婆说:"你这回错错错,这一说让我想起来了,小黑猫的四爪有白不正是朝靴下部的白筋吗?这眼目上边,还有额头上的月牙形斑块，更像是宋朝包公额头上那道疤？它应该是一只包公猫，以后养在家里，每天看到它，不是提醒我做一个清官吗？"苗镇长这一说，倒逗得他的老婆抿嘴笑了……之后，苗镇长将所有人送的现金、财物该退的退，该上交的上交，就是收了的礼物，也要照价补上。

听完小宁的一番解释，狗蛋彻底晕了，难道这只小黑猫不是一只倒运猫，而是一只包公猫、幸运猫？使得苗镇长悬崖勒马、福星高照，今后还能飞黄腾达？

刘老抠剃头

豫南一带把不想花钱爱占便宜的吝啬人称为"啃谷头"。刘家庄就有这样一个人，他叫刘老祥，一分钱掉地上四面吹灰，待人尖酸刻薄，喜欢贪占便宜，总爱找自学理发的老段剃不花钱的头。

这天，头发特长的刘老祥又来找老段剃头。老段虽然自学剃头多年，技艺始终平平。因为刘老祥剃头总是不给钱，老段懒洋洋地将他让进屋，说剃头刀好长时间没有磨了，怕是剃不成。刘老祥说我这头已经洗得好好的，你将就剃一下就中了。

一看推辞不掉，老段只好将剃头刀在挡刀布上随便挡了几下，就为刘老祥刮了起来。因为剃头刀比较钝，刘老祥被剃到一半的时候，头上连续被刮破了七八个口子。老段不好意思地住了手说："老哥，真的对不住啦，这刀太钝了，剃不成。"刘老祥疼得龇牙咧嘴地摆着手说："你剃你剃，我能坚持住。"

老段狠狠心咬着牙给刘老祥刮了下去，等他剃完头一看，刘老祥的头上那一个个口子都渗出了殷红的鲜血，有一个地方像蚯蚓一样竟然爬到了额头上。老段感到不对劲，马上放下剃头刀。刘老祥就大咧咧地让老段快给他找点儿棉花摁上。这一提醒，老段慌忙从屋里找出来消炎粉和棉花，团一坨棉花沾上消炎粉就摁到血口子上，然后再团一坨棉花摁到另一个口子上……

等到摁完之后，刘老祥咬着牙捂着头离开了老段家。

　　刚到家门口，老婆看到刘老祥顶着一头白腾腾的棉花球，一脸惊讶地问他这是怎么回事儿。谁知刘老祥一把将老婆拉进屋，让她小点声，之后神秘地告诉她说："嗨，幸亏今天老段的剃头刀钝，要不然咋能弄回来二两棉花呢！"

免费接吻

唐家洼村委会主任丁顺根从小道消息获悉，最近县上拨下来一笔修路款，镇上的村镇建设王副镇长管着。丁主任知道，钓鱼得下饵，逮个知了还要备根马尾哩，所以，要想修成路，必须先打通他的关节。

丁主任就给王副镇长打电话，说是咱县上最大的世纪广场最近推出一项促销活动，如果在那里买任何一件东西，就可以在二十多位个头在一米八以上的小姐中任选一人免费接吻。一听有这样新鲜又刺激的好事，王副镇长当然不能错过这个机会，他当下推掉一个会议，决定明天和他一起去看看。不过电话最后丁主任还提到了那笔修路的钱，王副镇长满口答应。

第二天，两个人一起来到世纪广场，广场确实有这项活动，只是内容略有不同，这是内设的四层千里马鞋城推出的新举措，只见那海报是这样写的：

兹有我千里马鞋城，值此新开业之际，特隆重推出新款服务项目，凡在我鞋城指定的贵宾柜台购买一双名牌皮鞋的顾客，每位先生可与特设的服务室小姐拥抱、接吻 5 分钟，最长时间不能超过 10 分钟；若有女士光临，可有英俊的先生相陪……

看完海报，两个人迫不及待地直奔主题上了四楼，脚还没有站稳，早有一位身穿红色旗袍的漂亮小姐迎过来，热情介绍本鞋城各款新皮鞋的优良性能。可是王副镇长对这些都不感兴趣，他关心的是与小姐接吻的事情。服务小姐就讲了免费接吻前应该履行的义务，并带他们到皮鞋专柜先买鞋。到那里一看，吓丁主任一大跳，一双皮鞋竟要 1888 元。心疼归心疼，为了修路该花的钱还是要花的。来时他只带了 3000 块钱，中午还要吃饭，要想买两双显然不中，算来算去只够给王副镇长买一双了。

皮鞋买好后，丁主任拎上鞋，和王副镇长一起随服务小姐上了五楼。

上五楼之后，身边这位服务小姐解释说，在与小姐接吻之前，还要经过洗浴和泡脚的过程。

虽然很无奈，丁主任和王副镇长只好又跟着进了五楼的休息厅。那里面富丽堂皇的摆设令丁主任眼花缭乱，他两眼像是不够用，东瞅瞅西看看。这会儿，有位男服务生给他端来了一杯热腾腾的茶水。而王副镇长则被让进了洗浴室内。还没等丁主任坐在沙发上把一根烟吸完，那边就见王副镇长匆匆地出来了。

丁主任忙迎上前去不解地问："这么快就完了？"王副镇长便神秘地笑笑说："洗不洗就那么回事。"实际丁主任也很理解，醉翁之意不在酒嘛！

这时，就有一位小姐拿着账本走过来，说是茶水加洗浴费共计 250 块钱。丁主任咽了口唾沫二话不说结了账。

不用说，下面就该唱重头戏了：免费接吻。

可是，将要接吻的并不是刚才那位身材苗条漂亮的服务小姐，又有另外一位男服务生带着王副镇长进了西边的那个大厅。看着王副镇长进了那个大厅之后，丁主任刚想隔着门缝看一下，出来的男服务生却重重地关上了门。

重新回到沙发上的丁主任正眯着眼，想象着王副镇长与那大厅内的漂亮小姐度过这美妙时光的时候，忽然，那大厅的门"轰隆"一声被打开了，只见满面怒色的王副镇长气呼呼地跑出来了。他气

冲冲地走到丁主任面前，说道："丁顺根，想耍我是吧？这是你办的好事？"随后，扬长而去。

被弄得一头雾水的丁主任撵上去连喊了几声王镇长，可王副镇长头也不回地下楼走了。不对呀，这里边一定有蹊跷。丁主任决心要弄个水落石出，就回过头来，不顾那男服务生地拉拽，冲进了西边的大厅，要问问这服务小姐为啥得罪了我们的王副镇长。等他走进去一看，一下子傻眼了，这大厅哪有什么漂亮小姐，原来一圈摆放的都是些形态各异的木头模特小姐。这会儿，丁主任的头"嗡"地一声像炸了一样，他连连摆着手说："坏了坏了，这回修路的事算是全泡汤啦！"

免费的午餐

我原先在一家区域性经济大报做记者。这家大报辐射周边几个省份，因此我常到省外采访。后来我辞职不干专门自由撰稿，也时常出外走走，当然，没有了记者这张王牌，出门吃住花销就得自掏腰包了。

一次，我去邻省一个县级市拜访一位文友王先生。可惜他是市文化馆位居末席的副馆长，有职无权。见面之后，我再三声明，自己已经离开报社不是记者了，此次拜访纯属私人性质的交流，中午最好在街上随便吃一点叙叙旧算了。谁知好客的王先生不同意，说我是远道而来的贵客，不能随便对付。随后想了想，操起办公桌上的电话安排饭局："喂，是宏发机装公司办公室的方主任吧！我是市文化馆的老王。哦，别客气，都是自己人。是这样，听说你们公司今年经济效益持续增长成绩卓著，不过还要努力挖掘市场潜力。请你告诉你们的老总，我给你们请了一位报社的大记者，马上过去采访。哦，还有，你的散文写得不错，准备两篇，等会儿过去了交给这位记者，在他们报纸文艺副刊上发一下……"放下电话，王先生露出了得意的神色，催促着我们快点上路。

坐在出租车上，我为难地向王先生表示，自己已不在报社了，这样做恐怕不合适。而他胸有成竹地交代说，一切听从他的安排。

半个钟头以后，到宏发公司见到办公室方主任，他将我俩让到

办公室。而方主任一再抱歉说，老总临时有事不能相陪。之后，让烟倒茶小坐一会儿，又带我们到公司大门口外一家装饰典雅的餐厅雅间吃饭。同去的还有办公室秘书小戴、第二工程队的老蒋，据说这两人都是方主任沾亲带故的亲戚。

泯了几口茶水，王先生就建议方主任汇报一下近段公司的辉煌业绩。看我在一旁发愣，王先生踢踢我的脚，我这才想起自己要扮演的角色，马上进入状态，并且还掏出笔记本，煞有介事地询问了一些公司资产、人数以及上半年的创收概况。好在方主任是应付新闻媒体的老手，他从随身带的公文包里掏出一叠有关材料一一作了说明，最后还拿出两篇打印的散文稿毕恭毕敬地交给我，请求"斧正"。我双手接过稿子翻了翻，答应竭力推荐。

不一会儿酒菜端上来了，山珍海味满桌盛席，照例是敬酒、碰杯、猜拳，吃喝得红光满面。

酒足饭饱之后，临离开餐厅，方主任结了账过来，还提着一个塑料袋交给王先生，那里面是两条红塔山烟。王先生看看我，那意思是不要白不要。无功不受禄，我的心里发虚，忙推说有事先走一步。方主任等人执意让我到办公室再坐坐。王主任也在一旁敲边鼓说："既来之，则安之。还是过去坐一坐吧！"见几人如此相邀，我也不好再坚持了。

当我们几个人说笑着走进公司大门，不远处一个人在向我们打招呼，方主任上前介绍说："这是我们的高总。"可等我看到了高总后却大吃一惊，原来他是我几年不见的姑家表哥高大庆。

一听方主任介绍我，表哥分明也认出了我，只见他快步走过来与我握手、寒暄，并说道："表弟，这几年虽然没有见到你，可我一直在关心着你的行踪，前些时还看到你发的一篇散文，说是你不当记者开始自由撰稿了……"

　　"表哥，我……"表哥打断我的话说："你这样好，不做记者了，自由撰稿写作，靠自己的能力吃饭，这也是一条不错的生存路子嘛!"表哥停了停，仍然笑眯眯地说："可你今天这……"霎时间，我站立不稳，脸上一阵阵发烫，嘴里不知道说啥好了……

奶奶得了梅毒病

沈杰的奶奶得了梅毒病，县人民医院化验结果出来是"＋"号，呈阳性，沈杰不相信这是事实，让奶奶又做了一次化验，仍然"维持原判"，这一下沈杰傻眼了。

就在沈杰10岁时，爸爸因车祸去世，不久母亲患胃癌不治而亡，孤寡的奶奶受尽艰辛将他拉大成人，从初中到高中升入大学，毕业后在县城结婚生子，前不久又买了一套新房，为报答奶奶的抚养之恩，好说歹说，才将她老人家从乡下接到了县城。

刚来县城的奶奶，对新的环境很不适应，想亲朋好友，想她那三间老瓦房，睡眠不足茶饭无味，脸上日渐消瘦，去医院一查是贫血。沈杰和妻子一商量，决定为她做个全身检查，结果出来了，其他都没有毛病，但验血时却查出得了梅毒。之后，夫妻俩告诉奶奶没有什么大毛病，就带着大包小包的中、西药回家了。

吃西药熬中药，沈杰可是尽心尽力。无人的时候，他就与奶奶唠闲话拉家常，比如问她在老家与哪些人来往？洗洗刷刷有啥不良习惯？三问两问奶奶起了疑心，就问："小杰，我到底得的是啥病？"沈杰便支吾说没有啥。但奶奶是个实诚人，脾气也很固执，如果不告诉她得的是啥病，她就不吃饭了。沈杰只得告诉奶奶，她得的是梅毒病。

不料，奶奶张着嘴瞪着眼，愣怔半天才说："梅毒，那可是花柳病，旧社会就有，真作孽，咋会偏偏让我得上呢?"

得了这种羞于出口的毛病，奶奶的精神压力很大，想想，这对于一个视贞操为生命、熬儿守寡五十多年的老人的打击是可想而知的。尽管沈杰一遍遍解释，这种病现在没有什么大不了的，是可以治好的，而奶奶总觉得抬不起头来，心情郁悒烦闷，到后来发展到要喝毒药、开煤气自尽的地步。这让沈杰不得不处处提防，生怕奶奶一时想不开出了意外后悔终生。

疑心重重的沈杰去县中医院找一位做医生的同学石林，看他有什么治疗此病的特效方。当石林听完介绍颇觉奇怪，一位已84岁高龄、几乎足不出户的老太太咋会得这种病呢？他建议沈杰让奶奶到他们中医院再做一次全面检查。结果很快出来了，奶奶除轻微的贫血，其他一切正常，说她得了梅毒病纯属子虚乌有。

白花了钱又背了黑锅，沈杰很气愤，便拿着县中医院的化验结果找到县人民医院，化验室主任经过仔细核对，证明是那天当班的化验员出了差错，是她把一位梅毒病患者的检验结果写到了沈杰奶奶的化验单上。可是，令沈杰疑惑不解的是，当时为了稳妥，他带奶奶又做了第二次全面检查，就是前一次有误也应该更正过来呀！为啥仍确认是梅毒。爱认死理的沈杰让主任叫来那位女化验员，当面质问她这是咋回事？

谁知这女化验员没有丝毫悔过之心，还强词夺理地说："再写上梅毒螺旋体＋号，呈阳性，主要体现与上一次检验结果的统一性，不然，我半年的奖金就要泡汤了。"

哪有这样的人，出了事故还不脸红。沈杰一字一顿地说："你虽然保住了奖金，可让我们精神上受到了伤害。"

女化验员轻描淡写地解释说："有啥伤害，无非多花几个钱，有什么大不了的。"

"算了算了，沈先生，"为了息事宁人，化验室主任小声说，"她是院长的女儿，你不要和她一般见识。"

一听这不负责的话，沈杰的鼻子快要气歪了："我……我要告你们。"后来他当真较上了劲，让有关部门作了医学鉴定，一纸诉状将县人民医院告上了法庭，这家医院不但赔偿了应有损失，还让那位化验员——院长的千金当面赔礼道歉，且调离了化验的岗位。

最重的厚礼

县人事局的宁副局长，经过四年的打拼，终于去掉了"副"字成了局长。好友让他请客，宁局长想了想说请客可以，但每人要送他一份有意义的礼品。

宴席就定在仙客来大酒店，开席之前，宁局长一本正经地说道："大家带来的礼品呢？都拿出来吧。"

人事局的尚主任满脸笑容，拿出了一套做工精美的玉石象棋。他说宁局长喜欢下棋，在繁重的工作之余，放松放松很有必要。梅溪镇的米副镇长迫不及待地拿出一幅书法作品，上面写着"前程似锦"四个大字。米副镇长再三声明，这是托亲戚找省里一位书法名家写的，一米见方的作品，市场价就是六万块呢……随后有献文房四宝的，有奉名茶、山参的，不一而足。

最后轮到县委宣传部的小杨，他拿出来的是一个小木盒，上面写着：宁局长专用意见箱。小杨解释说这东西是他自己做的，没有花一分钱，末了还不好意思地表示："与前几位相比，我送的礼品是不是太掉价儿了？"

"不！"宁局长接过木盒仔细看了一遍说，"你这个意见箱才是最重的一份厚礼。像这样的礼物，才是我最期待的。"说完，他掏出钢笔，在自己名片的背面写上了"特约监督员：杨斌"几个字。

最后，宁局长站起来郑重其事地说："谢谢大家，谢谢好朋友杨斌这份厚重的礼品！今天，我正式聘请杨斌为我今后工作中的特约监督员。不过，其他的礼品全部完璧归赵……下面开席。"

这时，在场的人都相继站了起来，并一同拍响了巴掌。

特异功能

最近，柳溪镇风传一个小道消息：住在街东头的退休教师郑青山，在一位朋友面前偶然露了一手绝活，他可以用自己的牙齿轻而易举咬上自己的左耳朵或右耳朵，还可以咬自己的鼻子，咬自己的眉毛。

郑青山六十多岁年纪，是镇中学退休教师，报社通讯员，平时爱写个豆腐块文章，想不到这样一个瘦巴巴的老头竟有这么大的能耐！有不少人不相信，登门好言相求，想看看他咬耳朵的拿手绝活。

可他呢，任你好话说尽，都被一一婉言谢绝了。这样一来，越是不献技表演就越吊人胃口。到后来，不知谁放出话说，这街上怕只有镇盐业管理站站长方大头去了，郑青山才会赏个面子露一手。

方大头过去是靠卖私盐偷漏税发家的，有钱后走上层路线摇身一变成了管卖盐的，成了柳溪镇上一霸。他听说这稀罕事后也十分好奇，舍脸舍面找郑青山两回想一睹绝活，都被郑老师推脱了。方大头丢了面子不死心，仗着自己有钱，使上了激将法，托人传话，要与郑青山赌五千块钱咬耳朵，如果他不敢应战，就是有意欺骗群众。谁知郑老师满口应允，并且交代传话人，要赌就凑个整数一万元，他可以当场分别叨两只耳朵，否则免谈。方大头一听这话，兴奋劲上来了，当即敲定。

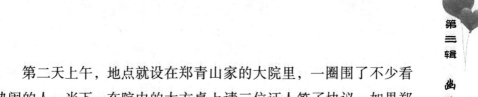

　　第二天上午，地点就设在郑青山家的大院里，一圈围了不少看热闹的人。当下，在院内的大方桌上请三位证人签了协议：如果郑青山用自己嘴里的牙齿，分别咬上自己的左耳朵和右耳朵，方大头输掉一万元；如果失败，郑青山得给方大头一万元。双方不能反悔，钱款当场兑现。

　　一切商议妥当，只见郑青山煞有介事地在一盆水里净过手，然后伸伸胳膊扩扩胸，深吸一口气，像变戏法一样从自己嘴里取出两排假牙，两只手托着，先在左耳垂上咬了一咬，又放在右耳朵上咬了咬，随即放入面前的一碗清水中冲刷一番，尔后迅速置入口中，前后不到一分钟。

　　一圈的观众凝神屏息等待着奇妙时刻的出现，却想不到这特异功能是这么简单，尤其方大头两眼瞪得铜铃大，想看个究竟。等看过后，不由得大失所望地说："就这绝活？"

　　"可不就这绝活嘛！一切都按定下来的办。"郑老师手一伸，意思是拿钱吧。

　　尽管方大头一百个不情愿，因为有约在先，当着众人碍于面子只得认输。

　　收了一万元钱后，郑老师当下叫过来身旁一位30多岁的男子说："周少宾，过来，把这钱还了。以后，千万改了你那爱打麻将的臭毛病。"

　　只见周少宾接过钱后，双膝"扑通"一声跪在地下，愧疚地说道："郑老师，我……我今后要是再打麻将就不是人。"

　　原来，半个月前，方大头找两个狐朋狗友做托儿，邀周少宾打麻将，他们暗中使假，一天一夜致使周少宾输了九千多元，其中有五千多现款，另四千元是向方大头借的高利贷，说定一个月归还。周少宾输钱的事被老婆知道后，老婆寻死觅活一气之下回了娘家。

做小本生意的周少宾，一个人来到饭店借酒浇愁，却被好打抱不平的郑老师知道了事情的原委后，便设下了这个圈套，挽回了这一万元的损失。再说这方大头对郑老师虽是又气又恨，却也无计可施。因为郑老师经常爱写些揭露阴暗面的小文章，如果惹恼了他，捅到报社可就麻烦了，所以，这回方大头只得认栽。

送礼就送存折

梅溪镇天骄建筑公司的老总钱经理是位热心人，他找到镇政府孙副镇长的老婆，说她上初中的姑娘小梅特别可爱，他表示很喜欢，想认她做干闺女。而孙副镇长的老婆也是性情中人满口答应，还特意为这事举行了一个认亲仪式。

第二年春节过后，正月初几，钱经理开着宝马车，带上大包小包的礼品，来到了孙副镇长家来看望干闺女。中午孙副镇长的老婆专门找人陪客。席间酒过三巡菜上五味，仗着酒劲，钱经理喊过来干闺女小梅，从自己随身带来的提包里抽出一个存折交给小梅说："给，小梅，今儿个干爹来也没有买啥东西，就送给你这两万块钱存折，权当让你买个糖豆吃！"小梅接过存折，忙向干爹表示感谢。

时间不长，镇上传出消息说，孙副镇长从市委党校学习快回来了，听说很可能升迁调往外地。钱经理老婆就抱怨钱经理说，这回你认那干闺女算是白认了，钱也白给了。谁知钱经理"嘿嘿"一笑说："不怕，原始的存折在我手里，密码我也没有告诉她。我又去银行挂失后恢复了名字。"老婆一听忙夸他聪明。

转眼三个月过去了，孙副镇长从党校学习归来，通过换届选举升为镇党委书记，成了第一把手，这回钱经理可是一个悔呀！这天晚上，他亲自找到现在的孙书记赔礼道歉。可是孙书记不吃他那一套，说："你不用说了。你送给我们小梅的存折，我早就交给了县

纪委。县纪委最近已经通知了那家银行冻结了这笔钱，准备将这件事情当做典型在全县公开，你恐怕还要以变相行贿嫌疑接受调查呢！"

这话一说，钱经理"腾"地一下瘫坐在了椅子上。

歪打正着

为了扶持新型农业的发展，上级资助了几十万元，在唐家洼村头上盖了一大片房子，让村上每一户都参与养牛。不巧的是这几个月来治安状况不理想，又赶上经济危机，仅仅开始热闹了几天，很快养牛户将牛杀的杀卖的卖，只剩下十几头牛了。

这天，镇上的白镇长通知唐家洼村应村长，说明天上午市里的一位大领导将带一群人来调研，让他们抓紧安排160头牛。这一下子上哪儿弄这么多牛啊？白镇长就开导他，活人咋能让尿憋死呢！你不会想想办法？应村长只得应承下来，马上和几个村委会干部商议后决定：不管找亲戚邻居、外庄外村，凡拉来一头牛付给劳务费十块钱。

第二天一大早，大伙像赶大戏一样，从方圆十来里拉来了一百多头牛齐集几个大院内，气氛空前的热闹。谁知大批人马直直等了一大晌，连个领导的影子也没有看到。后半晌，白镇长打来电话说，市里领导在别的地方耽误了时间，计划明天上午再来。

第三天市里领导仍然没有来，说是在县里开座谈会。

看来这是虚惊一场，领导公事那么多，估计不会再来了。

万万想不到的是，等到第四天上午的十点来钟，应村长突然接到白镇长打来的电话说，半个钟头后，市里领导马上赶过来调研，让他务必作好应急准备。时间紧任务重，就是神仙也不可能弄来那么多的牛呀！应村长向白镇长道了苦水。谁知白镇长向他求告：

"老先生啊老先生，我不管你咋弄，他们只看20分钟，不管你想什么办法，只要你给我弄圆了就中，不然，这个村长你就不用干了。"说罢挂了电话。

这不明明在抽死人上吊吗？应村长像热锅上的蚂蚁，找了几个村委会成员再次碰头。正当大家愁眉苦脸的时候，突然村会计大宝一拍大腿说，对啦，咱何不给他来个……随后就将自己的想法给大家说了一遍。应村长这会儿也没有什么高招，就只好死马当成活马医啦，马上让大家分头行动，很快交代有关户主，将仅剩余的十几头牛马上牵到西河坡不许露头。然后，这边就准备迎接领导们的到来。

一根烟没有吸完，小车队浩浩荡荡地开过来，"嘎吱"一声停下，从车上走下来一群领导，后边还跟着拍照的、摄像的记者。最前边的自然是白镇长，他点头哈腰陪着中间那位领导走了过来，当到了大院旁一看，三个大院连个牛影儿也没有，那脸就黑丧了下来。不料想，应村长不慌不忙地打着哈哈大声说道："今天各位领导来的不巧，俺等了两天不见人来，今天一大早就又把大群牛赶到了东山上放去了。"说罢他向东边那郁郁葱葱的高高山岭一指。

大领导有点不解，用眼神询问身边的小领导。

"是这样，"应村长忙解释道，"我们现在实行的是养、放结合的管理模式，养牛户轮流放牧。"末了，他又说："你们说是不是过去看看？只是距离有点远，离庄上还有二十多里路，那路全是盘山小道，很不好走。"

这边的白镇长当然也不是傻瓜，就打圆场说时间紧，还有其他几个地方要看，你们这里改日再说。随后陪着领导们站在大院门外，让记者摄了像拍了几张照片就走了。

送走那一溜小车后，应村长擦了一把额头上的热汗说："我的妈呀，总算把他们送走了。"

　　这时，身旁有位村民不满地说："像这样送一回两回中，你总不能经常这样送吧？当干部也不能光玩花哨子，也得干点儿实打实的事情。"是啊，是该好好想想啦，也不能光听镇政府的板子响，他们让干啥就干啥？应该因地制宜发挥自身优势才行。当晚，应村长就召开了村委会，让大家集思广益寻找一条切实可行的致富门路。还别说，这一找还真找到了。村会计大宝建议说，咱村这西边有荒草湖泊，东边有架子山，草源不成问题，最适合养兔子，成本低效益高……几个干部连夜制订好方案，第二天就和村民商议，一拍即成。很快引进了德国的长毛兔，每家分户养殖，由点到面、由小到大，一下子发展起来。到了第二年又由养兔到养鸡、养羊、养牛蛙、养貂等，村上人个个都成了养殖能手，那家家的收入就可想而知了。

这该死的爱

这天晚饭后，程一飞照例坐在电视机前收看县电视台的节目，突然在点歌台栏目里，看到有人在祝贺：恭贺柳溪镇万有克镇长和美女陶小梅新婚志禧，特为他们二位点播一首由阿木演唱的《不该爱的人》，表示我们深深的祝福。他一拍沙发小声骂道："这个老万，太不够意思了，这么大的事情也不吱一声。"

程一飞觉得意犹未尽，就拨通了万有克的电话："喂，是老万吗？哦，怎么新婚大喜也不告诉俺一声？"

接电话的万有克也被数落得一头雾水，反问道："啥新婚啊？"

程一飞就又问："老万，你是离婚啦还是你的老婆……"

这样的询问难免让万有克来气，他说程部长，你说的话我搞不明白。

一听说老万搞不明白，程一飞心里就有点儿不舒服，他提醒老万马上看看县电视台的点歌节目就知道了，说罢就挂断了电话。

难怪程一飞心里不舒服，他现在是县委组织部的部长，而他万有克才是柳溪镇的副镇长，两个人在本县小桥乡工作时曾是同级别的同事，后来他升迁到了县委组织部，而万有克则去了柳溪镇做了个副镇长。这说明他心里不平衡啊！

再说万有克镇长，接了程部长的电话后更是莫名其妙，他与老婆好好的，他们既没有离婚，老婆也没有出现意外，今天怎么就说他新婚大喜了呢？真是乱弹琴。他迫不及待地去看了县电视台的节

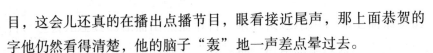
目，这会儿还真的在播出点播节目，眼看接近尾声，那上面恭贺的字他仍然看得清楚，他的脑子"轰"地一声差点晕过去。

随后，万镇长家的电话快被打爆了，有的抱怨，有的祝贺，有的竟然开着车跑上门来补送礼金。来者一问，他连忙解释自己和美女陶小梅新婚一事纯属子虚乌有，人家陶小梅是柳溪镇电视转播台的播音管理员呀！他的老婆也再三追问他，万镇长对天发誓，说这肯定是有人栽赃陷害搞的恶作剧。

一时间万镇长被恶作剧嬉闹的事情在全县被传得沸沸扬扬。

出了这样的事影响很坏，县委专门派组织部长程一飞带队调查，三查两查竟然查出来了问题。原来，万镇长真的与镇电视转播台年轻漂亮的陶小梅有一腿，而且他花费重金在县城为她秘密买了一套房子。这钱当然来路不明，是他在负责镇政府办公大楼及镇医院建筑时收受了二十多万元的贿赂款。

万副镇长被免职了，听说还要移送司法部门处理。就在他被免职的当晚，有一个神秘的人又为下台的老万点了一首歌，那歌的名字是李秀英的《这该死的爱》。

第四辑　传奇天地

最后一回

王二是个小偷，却怀揣有大专文凭。此人机警精明、爱好广泛，不但通晓孙子兵法、八卦易经、星相占卜，而且对美学、心理学、厚黑学等深有研究。他平时还有记日记的习惯，除了那些尚未得手的忽略不计之外，他将每回所偷钱物均记录在册，创造了连续偷盗999次而无一失手的记录，银行存款已达到六位数。

999回是个吉利的数字，王二痛下决心决定金盆洗手，准备结束这十多年来提心吊胆的日子。

可是，今天早晨刚一起床，王二有了一种跃跃欲试的心情，突然间改变了主意，何不偷够1000回呢？也许以后还能申请上世界吉尼斯纪录！

一想到再偷最后一回，怀着侥幸心理的王二胡乱吃点早点，脱掉高级西装，换上经常穿的那件夹克衫出发了。

吃小偷这碗饭的都有规矩，王二的地盘一直锁定在S市的火车站、汽车站附近。这会儿是上午十点多，火车站广场上人头攒动。他在人丛中溜达了几趟，终于盯牢了猎物。那是一对有钱的阔佬美妇，男的六十多岁，秃顶头，冬瓜身，身边的长发女郎20岁出头，穿得花枝招展，不是二奶就是小蜜，肯定是出外旅游的"野鸳鸯"。刚到火车站时，他俩人买了车票，来到离售票厅不远处一个偏僻的长椅上坐下，两人又说又笑柔情蜜意。不一会儿，不知两人为什么事争得面红耳赤。突然，那阔老板不耐烦地从小腹处的大皮包内掏

出一沓钱甩给美妇。谁知，她仍不知足说长道短，阔老板索性解下大钱包摔给她，愤愤而去。

长发女郎拣起皮包装进了大旅行包，随后，背上包来到一零售亭，买了一瓶饮料，边喝边在广场上慢慢走着。通过多年的职业经验，王二知道那阔老板返身回去，这女情人也没有兴致一人出外旅游，如果短时间阔老板不回来，长发女郎十之八九可能会打道回府。

这售票厅、候车室前是小广场，如果回去要下二十多级台阶到下面的大广场。王二悠闲地下到台阶的中间守株待兔。

心烦意乱的长发女郎回到原来的长椅上坐了一会儿，左看右瞧，又是打手机、发短信，看来一切无望。忽然，她站起身，背上旅行包往回走，就在下到台阶中间的时候，等候多时的王二与长发女郎相遇，擦身之时仅仅相撞了一下，短短几秒钟，那只鼓鼓的大钱包就神出鬼没地跑到了王二左手胳膊所搭的夹克衫下。

意想不到的是，那长发女郎向台阶下走了几步，顷刻又回来，登登登几步追上王二就要动手。当然，久经战阵的王二也不是省油的灯，只见他闪身躲过，扔掉手中的夹克衫抢步奔上台阶，却被早已等候在台阶上面的两个便衣警察逮个正着。

一看是警察，王二大喊冤枉："我可是好公民啊，你们抓错人啦!"

一位警察冷笑道;"老实点，抓的就是你。"说着，两人将他架到了车站派出所。

在车站派出所里，那长发女郎脱掉假发套，换了警察的装束，她微笑着拿出那只大钱包，从里面拽出了几叠白纸，嘴里说道："对于你这个惯偷，我们盯你也不是一天两天了。"那大个子男警察也不服气地说;"只是你太狡猾，生性多疑行动诡秘，好几次都脱网了。"

再说啥都是多余的，在戴上手铐的那一刻，王二真是悔青了肠子，想不到最后一回却彻底栽了，这真是螳螂捕蝉，黄雀在后，百密必有一疏啊!

私奔疑案

一天，有位唐州客商来到棘阳县南 50 里地的孙家冲收购皮货，眼看天快黑了，他来到庄西头一户人家，想找个住处借宿下来。这家主人名叫孙云奇，外号孙大头。甭看这孙大头个矬貌丑，却娶了一位相貌俊美的娇妻。一听外地客商好话说了一大堆，他便动了恻隐之心，忙把西厢房腾出来，让这位外地客商将就住上几日。

这位客商名叫姚连，自从住下之后，每日里早出晚归收购皮货……直到第五天傍晚，他即将离开孙家，从集市上带回一些酒菜，交给孙大头的老婆崔娇娣收拾几个菜肴，便和孙大头开怀畅饮，两人不免都喝高了。

第二天一早，酒醒过来的孙大头起床一看不觉一愣，客商姚连不辞而别，而妻子崔娇娣也不见了踪影，不用说，自己的老婆肯定被这个客商拐走了。他忙找来几位近门弟兄四处寻找，却无一丝踪迹。这回孙大头可真是悔青了肠子。

六个月的时间眨眼就过去了，始终没有崔娇娣的一点消息。

天儿到了初冬。一天上午，孙大头碰到临村黄沟的货郎担黄老五，说他游乡到百余里外的唐州西边的柳溪镇附近，听说一家大户主人最近纳了一房小妾，模样俊俏漂亮，可说话却是棘阳口音，很像孙大头的老婆。

自从老婆被人拐走后，老实善良的孙大头一直是食不甘味、夜不成眠，他听了黄老五透露的消息，决定前去探听个虚实。

路上走了三天，孙大头来到了柳溪镇一个叫项树湾的村庄。眼看日头落山，他糊里糊涂敲开一家人的大门，想说说好话借宿一晚。出来的是一位管家，听了孙大头说明来意，他戴着老花镜看了半天才推辞道："对不起，客官儿，俺家主人有事外出，家里都是一些女眷和小孩，在这里住下恐怕多有不便，你还是再另找一家吧！"

眼看天黑夜冷，孙大头抱着身子打了个哆嗦没有挪步。等了一会儿，那管家隔着门缝看到这个外乡人还没有走，只好又开开门，将这个可怜的外乡人让到了大院内，叹息一声说道："好吧，看你怪遭罪哩，先进来吃些饭。等一会儿，如不嫌弃，把大门外的车棚收拾一下，将就着住一晚吧。"

此时，初冬的风寒冷刺骨，孙大头在伙房草草吃些饭，就千恩万谢出了大门，在一侧的车棚里自己动手，拣拾好里面的杂物，将粪栅子摊在马车上，抖开自带的被子搭在身上躺下睡了。

约摸三更时分，孙大头被一阵"嚓嚓"的响声惊醒，只见主人家院墙上有人影晃动，莫不是招了贼啦？孙大头伏在那里仔细观察，只见有两个人一前一后翻墙而出。前边那人显然是个女的，后边的是个高大粗壮的男子，身上背着一个包，一阵风似的顷刻从眼前消失了。

这时，孙大头越思越想越睡不着了，额头上冒出一层冷汗，心想自己是外地人，投宿车棚，等到明早天亮，那管家发现东西被盗，自然会怀疑到他的头上，到那时自己就是有千张嘴也说不清楚……三十六计走为上。他背上包裹，趁着夜色起身就跑，像一只无头苍蝇，慌不择路地向前奔逃。突然，"扑通"一声失足跌进荒野一口枯井内。好在下面有软绵绵的东西垫着，才没有使他摔坏胳膊跌断腿。他下意识地向下一摸，不由得"妈呀"大叫一声，原来身下躺着的是一个死人。再细细摸摸，此人身上尚有一丝热气，只是那头部已摔瘪，下面流了一大摊湿湿的东西。孙大头忙从怀里掏出火镰打着火。不看不知道，这一看可是吓一跳，做梦也想不到，这丧命井底的女人，竟然是她出走六个月没有音信的老婆崔娇娣。他大声呼喊着"救命。"

天明时分，管家发现家里被盗，还有主人新娶不久的小妾也不见了，马上喊了一干人顺路寻找，出村向东走，半路上忽然听到野地里有人声呼救，找了半天才发现那声音原来出自枯井里边。

管家命人系下绳索，先将死尸拽上来，一看原来正是刚刚失踪的主人家的小妾。随后孙大头也被拉上井来，管家不由分说命人将他绑了送入县衙。

唐州刘知县升堂审案，听了双方陈诉，知道这崔氏原是孙大头的原配夫人，六个月前被做生意的姚连骗回家中立为二房……开始，孙大头大喊冤枉，一再哭诉崔娇娣不是他所害。刘知县满面怒容地斥道："不是你害的又是谁人所杀？你的老婆崔氏被人骗走后，你多处打听，找到了姚家，被管家阻之门外，然后便投宿车棚见机行事。深夜，你翻墙入内，胁持崔氏离开，顺手牵羊还盗走一部分金银珠宝。半路上崔氏不走，你一怒之下将她推入井内……这些有你丢在车棚里的行李和管家的口供为证。事实面前，你还想抵赖不成？不用大刑量你也不会招，来人，大刑伺候。"

后来，孙大头实在受不了那苦刑的折磨，只得被迫承认崔氏是他所杀，不免又编了一套谎话：说他得知老婆被姚连拐到了唐州项树湾做了小妾后，气不过偷偷找来，暗中劝说崔氏回家，说若回去以前的事情既往不咎。谁知那崔氏至死不从，而他就趁姚连不在家之际，假装夜晚留宿姚家门外车棚，等到夜深人静之时，便跳入院内，逼迫崔氏和他一起翻墙逃跑。到了半路上，崔氏死活不走，他便一怒之下将她推下枯井摔死。不料想，他因为用力过猛，也失足跌入井内；而那偷来的金银珠宝散落在井旁，后来被人拿走……审

问过后，摁过手印，孙大头被打入死牢，只等到秋后问斩。

孙大头的父亲孙根实得知儿子入监的消息后，很快来到了唐州看望儿子。见面后听了儿子说明了冤情，一纸诉状告到了宛城府衙。正好这宛城府衙的郑知府是位清正廉明的好官，办事公平合理、心细如发，从不会冤枉一个好人。郑知府接了状纸，亲自来到唐州县衙，重新审看了有关孙大头的案卷，从中查出了不少疑点。如果为报夺妻之恨，孙大头先杀的应该是仇人姚连，而不是崔娇娣；况且他夜宿姚家门外车棚，这不是引火烧身吗？再说出事的当天晚上，姚家丢失了不少银钱和珠宝等物，而现场上却没有发现任何东西，这赃物到底被何人拿走？

这一个又一个谜团萦绕在郑知府的心头。

第二天，郑知府和刘知县当堂会审。

有关涉案人员统统传讯到堂，通过反复审问和对质，郑知府从中查明，这姚连多年来做生意，也曾得罪过不少人，是不是有人从中作祟加害于他？

一堂审过，对案情有了大致了解，郑知府从与姚连有过节的人中筛选调查，从中了解到本县彭老营的彭怀嫌疑最大。随后，他微服私访扮作磨刀人亲自下乡。

一日，郑知府扛着磨刀凳来到了彭老营，从彭怀邻居一位磨刀的大嫂的口中得知，这彭怀是个地痞无赖，欺男霸女无恶不作。就在五天前，他从外地回来说，这一回去了一趟小豫州，做弄成几笔生意发了财，顺便带回几件玉器饰物，其中就有一件白玉簪。他以二两纹银卖给了这位姓邓的大嫂。当下，郑知府与她协商，情愿用六两纹银买下邓大嫂的白玉簪。

当天后响，郑知府火速赶回唐州县衙，很快击鼓升堂，两班衙役马上传皮货商姚连前来辨明真伪。果然，那姚连一看到这只白玉簪，当堂确认正是他送给崔氏的定情之物，那上面有一处淡淡的红点他记得最清楚。

这边唐州县衙的刘知县自知失职将功补过，很快传令捕快火速赶往彭老营缉拿凶犯彭怀，同时，在他的家中当场搜出一大包珠宝、玉器等赃物。

等到彭怀归案，郑知府马上升堂审问，不到几个回合，做贼心虚的彭怀对杀害崔氏一事供认不讳，并简要讲了犯罪的过程。

皮货商姚连本是个好色之徒，自从上次收购皮货住在了孙大头的家里，将崔娇娣勾引到手，便领回家中做了小妾。七八年前，偶然的机会姚连认识了彭怀，两人联手干了不少坑蒙拐骗的坏事。后来，颇有心计的姚连发了一些小财，手中有了本钱开始做起了皮货生意。一年前，姚连遇到买主，要做一笔贩卖牛皮的大生意，手头一时紧缺，就向彭怀开口借钱。本来这彭怀就是今日有酒今日醉的混混儿，手中常常是孙女穿她奶的鞋——钱（前）窄。可他颇讲哥们儿义气，又向朋友侯三借了二十两银子，讲明是高利贷，半年后归还。可是，半年过去了，姚连因那笔生意不慎亏赔，始终没有周转过来。彭怀多次登门索要，姚连手中无钱还账，只好一拖再拖。眼看过去了一年，侯三催促彭怀还钱，可惜彭怀几次来姚连家中催要，他都闻风而逃躲了起来。

这一下子激怒了彭怀。

这天，彭怀又来要账，只见姚连打了个照面，推说出去有点儿事，就再不见回来。彭怀一看他又躲出门去，心想，你不仁也莫怪我不义，二话不说就离开了姚家。

且说，到了三更时分，彭怀又敲响了姚家的门，想将姚连堵在家中，强行让他还钱，不中就强取他的东西。谁知，心计多端的姚连就防着彭怀这一手，估计他会杀个回马枪，根本就没有回来。一直等到半夜，彭怀也不见姚连的踪影，他很是生气，决定一不做二不休，带走崔氏做人质，顺手牵羊还拿走了姚连房中不少珠宝古

玩，而且还摘下了崔氏头上的白玉簪。令人气恼的是，还没有走几里路，这崔氏一屁股坐在地上不走了。也是的，崔氏三寸小脚女人一个，很少走夜路。任凭彭怀拖、拽、踢都无济于事。拽了一段路刚好遇到一眼枯井，他一怒之下狠心将她推了下去，心想：我一跑了之，神不知鬼不觉，让你死无对证。想不到如今遇上了一追到底的郑知府，使他难逃法网……

至此，这件错综复杂的私奔疑案终于大白于天下，郑知府当堂宣布：棘阳人氏孙云奇蒙冤下狱无罪释放；皮货商姚连诱骗民妇占人妻子，重责四十大板，责令赔偿孙云奇各种损失二十两纹银；唐州县衙刘知县玩忽职守就地革职听候发落；杀人犯彭怀即刻打进死牢等待秋后问斩。

血战沙漠核鼠

这个故事发生在 K 国西海岸。

有个叫做阿拉加斯的地方，它处于一片无边的沙漠、戈壁的中心。因为，这里经常被 K 国用做超常规导弹靶场和核试验基地，时间一长，方圆 200 千米之内几乎成了寸草不生的荒野，只有一些枯死多年的胡杨和沙棘等，一片狼藉地僵死在那里。由于气候恶劣以及放射性物质的存在，科研机构相继搬迁，这里逐渐成了一片无人区。随着岁月的推移，这片荒无人烟的地方却成了冒险家们向往的圣地。可是，不少人怀着跃跃欲试的心情前去探险，却都葬身漠野无一人生还。此后，这个叫做阿拉加斯的地方便被人们称为"死亡之海"。

且说 K 国约翰大学有名生物系教授叫莫克，业余时间爱好科考和探险，他听说阿拉加斯是一个如此神秘的地方，便萌生了揭开这片死亡之海神秘面纱的想法，决心像中国的彭加木去往塔克拉玛干沙漠科学考察那样，前去探个究竟。自从 2002 年初春，教授莫克便开始做先期的准备工作。首先，他在有关图书馆和科研部门的配合下，查阅了不少相关的资料，认真研究了核能、原子反应堆和导弹超常规武器对人体有害的物质成分，通过有关部门做成了三套特殊防护服和防毒面具。然后，便带上两位助手唐纳和兰切，开上一辆全封闭的越野车出发了。

双加力越野车一路上不分昼夜地奔跑，连续行驶了三天三夜，

直到第四天的拂晓，才进入了阿拉加斯的边缘地带。到那里之后，只见茫茫原野没有鸟雀，没有绿色，到处都是泥沼、戈壁、沙漠，充斥着可怕的寂静。越野车时走时停不时地陷进松软的沙坑。车又行了几千米，突然天空陡地生起一种飘忽不定的岚气，顷刻间笼罩了整个大地，前面不远处看不清东西，越野车只好停了下来。莫克打开探测扫描仪搜寻目标，不停晃动的微型电脑屏幕上逐渐显示出稀薄的空气里所含的元素，尤其所含的硫、铀、氟等有害物质比例很大。大约半个小时过去，岚气渐渐消散，透过薄薄的云雾，不多时太阳又出来了。莫克和两位助手穿戴好防毒面具，小心翼翼地下了车，他们利用仪器对这片核实验场的废墟进行了空气、地质、环境的探测和取样。突然，助手唐纳在不远处发现了一只比猫大的动物，窜动在漫漫的枯树和沙漠里。在这片被称为"死亡之海"的土地上能看到动物，这可是一个惊人的发现。随后，他悄悄告诉了莫克教授。接着，三个人包抄堵截，在几丛枯树附近，终于将这只重达二三公斤的幼鼠逮住后放进了铁笼子。经过一番仔细观察，发现它的嘴尖尖的，样子很像老鼠。

太阳还有一竿子高，三个人开始吃带来的牛排、罐头等晚餐，谁知，那只笼中的老鼠上蹿下跳，不断地吱吱叫着，不停地撕咬着铁笼子显得狂躁不安。兴许是饿了？莫克教授让兰切给它扔进去一块面包，可它闻也不闻，仍然拼命地撕扯着铁笼，甚至发出了几声尖锐的嘶叫。

几分钟后，在一个高高的沙包上，莫克看到有七八只闪着绿光的大老鼠正带着敌意盯视着他们。个子高大的唐纳手执一根四五尺长的铁棒走过去，准备赶走它们。不料，只听一声凌厉的尖叫，七八只硕鼠终于露出凶恶的面目，唧唧叫着猛扑过来，这使唐纳措手不及。他拼命用铁杆东摔西打，但那没有见过人类的老鼠凶悍无比，它们轮番撕扯唐纳的脖子，甚至抓大腿、咬胳膊。这时又有十

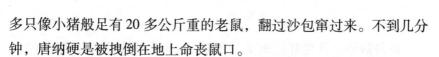

多只像小猪般足有 20 多公斤重的老鼠，翻过沙包窜过来。不到几分钟，唐纳硬是被拽倒在地上命丧鼠口。

一看这突如其来的变故，莫克教授急忙呼喊兰切："快上车。"等兰切上车之后，莫克急忙发动越野车，渴望尽快离开这个充满了凶险的鬼地方。由于沙漠松软，车速较慢，没开出多远，便被一哄而上的鼠群咬坏了轮胎，很快轮胎泄完气瘫痪下来。出于愤恨，莫克教授摇下车窗玻璃，操起手枪向老鼠射击，企图消灭它们。兰切也手持短刀，看到蹿上车来的老鼠拼命大砍。奋战了十多分钟，涌来的四十多只鼠类已伤亡过半，攻势也渐渐弱了。而兰切的胳膊也被咬得鲜血直流。

老鼠们退到不远处，虎视眈眈地望着莫克和兰切他们两人。

人鼠之战大约对峙了二十多分钟。那群肥大的壮鼠凑拢在一起，好像在商议事情，然后，便发动了新的攻势。这次它们分散开来，不是仅从车头单一进攻，而是从四面出击。有的从前面佯攻，有的爬上车顶探头嘶叫，让人防不胜防。

眼看子弹剩余不多，莫克教授只好以逸待劳，尽量拖延时间，并命令兰切迅速关好车门，摇上车窗玻璃。刚才仅仅吃了几口罐头，经过这半天紧张的激战，已年过半百的莫克教授已有点力不从心。他喝了几口矿泉水，嚼着压缩饼干，希望吃些东西恢复体力。

一侧的兰切手握短刀，丝毫不敢懈怠，时刻警惕地盯着老鼠们的动向。

自从关上车门和玻璃窗之后，这群鼠类变得更加猖狂起来，不多一会儿，车前、车顶、脚踏板上爬满了老鼠，唧唧唧厉叫着气焰十分嚣张。在兰切的车门上方，一只个子高大的壮鼠，瞪着凶恶的黄豆眼，龇牙咧嘴啃啮着车门。这令兰切十分气恼，只见他猛地推开驾驶门，手起刀落，砍掉了那壮鼠一只前腿，只听它一声嚎叫摔下车去，其他的老鼠被这突然的惊叫吓呆了，纷纷跳下车跑向不远

处的沙包。

夜幕降临，月亮升起来了，"死亡之海"到处闪现着幽幽的白光，莫克教授看到远处有新的鼠类越聚越多，它们又一次集结，准备发动新一轮更大的攻势。莫克教授顾不得填充食物了，他手握短枪，突然想起了自己刚刚试验成功的，用于驱赶狼、豹、野猪的凝聚型燃烧弹，便取下子弹，将这种微型燃烧弹推进枪膛，拉开驾驶门，一道强光射出去，使不明就里的众鼠四散逃跑。他登上越野车从四个方向射击，一圈的火光喷射出去，远处的老鼠蹲在那里再也不敢轻举妄动了。

争取到这段宝贵的时间，莫克掂着枪警惕地望着远方的鼠群，他让兰切快点下去抢修轮胎。可惜还没等兰切下车装好一只轮胎，几只硕鼠仿佛看透了他们的意图，突然嘶叫一声，众鼠听到召唤，唧唧叫着没命地奔跑过来。尽管莫克教授用枪放倒了几只，终因老鼠实在太多，兰切只得爬入驾驶室，"咣当"一声关上了车门。

修车离开的希望破灭了。莫克教授趁这段时间用手机与约翰大学校方联系，可是久打不通，到后来电话侥幸接通，他通报了自己所在的具体方位和面临的险境，请求校方马上告知国家安全部门采取紧急救援。正在这时，电话突然又中断了。

时间一直拖到天蒙蒙亮，那断了一只腿的老鼠显然是个鼠王，只听它发出了一声奇怪而尖厉的啸叫，很快一呼百应，群鼠的情绪马上高昂起来。它们像集团方队一样轮番撞击车门。莫克和兰切面临着更加严峻的挑战。子弹打光了，他俩只好用罐头瓶砸，用铁棍、仪器摔打。两个人由于缺乏食物，又加上睡眠不足，体力消耗很大，再这样下去恐怕也撑持不了多久了。

后来，有几只较大的壮鼠带头爬上车顶，探头车窗，而且用那锐利的牙齿啃咬车窗玻璃，不一会儿，就将玻璃咬开一个大洞。看到鼠辈如此狂妄，年轻气盛的兰切不顾莫克教授的劝阻，手拿短刀和铁棒，推开车门，以迅雷不及掩耳之势蹿上车顶。他红了眼，大声呐喊着，将老鼠打下车去。虽然老鼠已死伤不少，但更多的老鼠不断拥向车顶，最后，兰切被撕咬得遍体鳞伤拽下车头。大群的硕鼠扑向兰切，不消一刻，他便成了一副骨头架子。莫克教授坐在驾驶室内亲眼看到这幕惨景十分痛心，他心里清楚，此行生还的希望恐怕十分渺茫。他很快取出了工作日志，记下了今天此行发生的历险经历，其中有段是这样写的：这里有一种抗核的变异老鼠，它经历了 RNA 和 DNA 物质变种，经放射线辐射后，发生了空前的奇变，成为了一种可以抵御核辐射的新型鼠种……

正当莫克教授准备留下临终遗言的时候，蓦然间，空中响起了直升机嗡嗡的轰鸣声。他抬起头看到两架直升机自东向西飞来，在越野车的上空盘旋了几圈后，开始用机枪轮番扫射鼠群，只见集结的一大片鼠类死的死、亡的亡，留下少数几只见大势已去，便没命地跑了。

20 分钟后，直升机降落下来，身穿防护服的特种部队包围了越野车，当他们从驾驶室里找到莫克教授时，发现他已是气息奄奄、伤痕累累……随后，大家把莫克教授迅速抬上了直升机，以最快的速度飞往约翰市，施行紧急救治。

莫克教授终于脱离了危险。

三天后的《约翰日报》登出了一则头条新闻：著名的生物学家、约翰大学著名教授莫克先生，近日在阿拉加斯探险了解到，由于 K 国军费开支无限加大，不断增加核武器实验场，造成了环境的极度污染和破坏，出现了严重危及人类生命的动物——核鼠。如果核试验再继续下去，这种核鼠会恶性膨胀，以几何数字般不断繁衍增长，不久的将来，人类将会陷入一场灭顶之灾……

生死草

二十年前的一天，桐寨山下的桃花湾来了一位外乡人，他找到童逸灵的石屋内，一见面就请老童发发善心救他一命。原来这人是南阳一木材厂腰缠百万的老板，名叫乔木业。他一年前得了性病，之后转成膀胱癌，经多方医治无效，偶然机会听柳溪街一位朋友介绍，镇东南方桃花湾的老童出身采药世家，自爷爷那辈在桐寨山中发现一味具有灵异效力的生死草，治疗癌症百发百中，就悄悄寻来。

老童一听面露为难之色，这味生死草作用确实神奇，但它生长在爬满青藤的悬崖峭壁之间，难以采挖不说，更重要的是只有等到霜降后采回使用效力更佳，而现在是深秋季节。再者此药仅此一丛，每年治癌二至三人，也多是那些家境困难的危重病人。乔木业被老童委婉拒绝后并不死心，他"扑通"一声跪在地上苦苦求情，见老童略一松动，便从随身携带的提包内取出几叠钱钞放在面前小木桌上说："这是两万块钱，事成之后，这钱就归你了！"

只见老童淡淡一笑说："多年来用这种药给乡亲们治病，我可是从没有收过钱。"可乔木业紧抓不放："那这回你一定得收下，如果我的病能治好，会再给你追加三万。"童逸灵是个本分的挖药人，终身未娶，后拣了一个左胳膊有残疾的男孩子。两年前儿子高中毕业，为使他生活能自理，便送他去郑州一技术学院自费学习，将来能学一门手艺——眼下还欠五千元外债呢。经过一番思想斗争，老童心想，这回就破破例吧。他收拾好抓钩、绳索、药铲等一应东西，临走前交代乔木业在石屋内等候，他去去就回。

走了几里山路，老童来到桐寨山一个叫鬼见愁的悬崖上面，比量了一下方位，将绳子拴在一棵大树上，然后，慢慢荡了下去。当他忙活半天弄上来了一棵生死草后，便一把一把地捯着绳子艰难地攀上悬崖。正当他解着身上的绳索之时，忽听得身后有动静，回身一看，却见是乔木业探头探脑地走近前来，就不悦地抱怨道："说定你在屋里等着嘛，你上来干啥？""一个人等得怪闷的，就上来了。"乔木业说着话，气喘吁吁地解开衣扣扇着风。

一看老童在收拾东西，乔木业就讨好地过来，迫不及待地想看看神药是什么样子。老童不假思索地从怀中取出。乔木业接过去，眼前顿时一亮，哇，好奇特呀，它叶状如云竹碧绿青翠，根部就像一只娃娃鱼，深褐色，有根须飘动。端详了一阵，他抬起头面对老童，露出一丝莫名的坏笑。突然，乔木业从腰中抽出一把匕首："老头，多谢了，明年的今天就是你的忌日，我会给你多烧些纸钱的。"

"你，你……"老童指着乔木业咬着牙说；"你这卑鄙的小人。"

"哈哈，世间无毒不丈夫，你不能怪我。"说着话，乔木业挥刀上去，老童踉跄躲过，两个人围着不大的悬崖在上面拼死搏斗。但老童毕竟是六十多岁的人啦，加之采挖生死草体力消耗过大，腹部连中两刀后，被乔木业一把推下了悬崖。

原来，就在老童上山的时候，阴险狡诈的乔木业就暗中跟过来，当老童荡着绳索下到采挖生死草的险要位置那一刻，乔木业便萌生了新的发财的梦想：干掉童老头，独占这治癌的专利。

按照老童刚才的样子，乔木业重新系牢了绳索小心地下去。一个小时过去后，在浓荫缠绕的青藤下，看到了一大丛云竹似的叶子。就在他试着摸出药铲探看生死草的根部时，猛然间，却惊悚地"啊"了一声，只见盘踞在药丛根部，有手脖子粗的两条乌灰色毒

蛇同时咬住了他的手臂。他大声叫喊，可惜山岭间空寂无人……

　　一直等到第二天上午，一位牧羊人率先看到了悬吊在山腰上的乔木业，经人拽到悬崖上，发现他整个身体呈青紫色肿胀难看，人早已命丧黄泉；而山下深谷里的老童也已经气绝身亡。

　　自此以后，这味能治各种癌症的生死草好像在桐寨山蒸发了一样，了无踪迹，任好多人百般寻找，再无一丝影踪。

夜半惊魂

周家庄的周九是个泼皮胆大、好逸恶劳的混混儿，母亲早年病逝，是老爹含辛茹苦地将他和姐姐拉大成人。可是，自打姐姐出嫁之后，他不务正业，整天和那些狐朋狗友混在一起，没有钱了就去左邻右舍偷东摸西。在村上是出了名的孬货，二十五六岁了还没有成家。不过，最近一年来他经一位哥们儿的指点，竟然干起了盗墓的勾当。

要说干盗墓这一行并没有多少油水，眼下的农村死了人施行火化，火化之后再装棺材入殓送进坟里，又没有陪葬品。慢，周九盗墓不是为了陪葬品，开始他和两个哥们儿合伙掘墓，取出骨灰盒后，就给墓主的家人打电话，让他们拿出个三千或五千块钱，放个说定的地方，然后付钱交还骨灰盒。一般的家庭忌讳上辈老坟破土，更不想惹出什么麻烦，一看要钱也不多，都会乖乖地把钱付了。他们连做了七八次从没有失过手。

一看干这行顺手，周九有了新的打算，何不独自行动，那样的话得钱就能多些。

这天晚上，周九决定单独干一把。点他已踩过，东边邻村的吴家营有个开砖厂的吴大才，三天前母亲病逝，火化后入土为安。当天埋葬后他还过去看了，坟地就在两村偏南的一片山坡上，地方很偏僻。这回可要狠狠宰宰这只肥羊，不弄他个万儿八千不算完。

等到夜深人静，周九拿着手电，掮上铁锹、镢头，一个人出发

了。为了避开耳目，他顺着一条大沟边的树丛三弯两拐接近了地方。当他正要离开杨树坡，通过一片玉米地时，忽然，只听见"哇呜"一声怪叫，从不远处窜过去一个大东西，吓得他一下子扑倒在地。等了一会儿定定神抬头一看，原来是一只大野猫。周九战战兢兢向前走，"扑"一下又踢到了一个软软的东西，打开手电一看，却是一只绣花鞋。这回他头皮可是直发麻。这大晚上的咋会有这种东西呢？

平心说，周九可不信神不信鬼，他撑着劲将那绣花鞋捡起来扔了好远，大骂了一声，迎着那一片飒飒作响的花圈走过去……

到了地方后，周九从怀里掏出一瓶酒，咕咚咕咚灌了一气，然后借着酒劲挥动铁锹干了起来。眼看着露出了棺材一角，却听到棺材里面响起一阵阵嗡嗡嘤嘤拉弦唱戏的声音。这真是怪事。他打了个寒战，心想，如今到了这一步，只得硬着头皮干，他二话不说一镢头砸破了棺材板。谁知那声音轰然作响，像是一台戏，乐队拉得有板有眼，一听那女人唱的是豫剧《秦雪梅》，悲悲切切的哭声使得漆黑的秋夜显得更加恐怖、瘆人……意志坚强的周九这会儿三魂走了六魄，"扑通"一声栽倒在坟墓旁。

大约过了十几分钟，被露水一润秋风一吹，周九醒了，这会儿坟墓里传出来的是一段豫剧《抬花轿》欢快的唱段。周九四下一摸，摸到了手电，明亮的光柱照过去，他看到骨灰盒的一边放着一个黑匣子，就站起来，挥动手中的镢头扫过去，一下子将黑匣子砸烂了。随后也顾不上多想，拿过骨灰盒连滚带爬地跑了。

按规矩这骨灰盒是不能带回家中去的，周九悄悄地回到周家庄的庄头上，那里有一棵四人合抱的大槐树，上面有一个一人多高的树洞。等他立着脚准备将骨灰盒塞进树洞内的时候，只听得上面"轰隆"一声响，头上提溜下来两只脚，因为距离近，他看得很清楚，这是一双女人的脚，她的一只脚光着，另一只脚上穿着一只绣花鞋。这时的周九再也控制不住自己惊恐的心理，一下子摔倒在大槐树根上，骨灰盒也掉在了一旁。这时，那树上披头散发的女人"哇啦"一声也跌倒在周九身上。周九下意识地用手推搡，那个女人照他脸上抓了一把，随后一溜烟似的跑了。

刚刚跑走的那女人，并不是什么妖魔鬼怪，原来她叫韩月梅，是吴家营的人，上高中时与一位同班同学谈恋爱，结果影响了升学，高考落榜了。可她的男友则考上了大学，却不念前情，一下子把她甩了。不用说精神上受了很大刺激的韩月梅，以后便精神失常了。白天她还略微清醒些，可到了晚上就经常梦游、走动，到处乱跑一气。最近她的病情有些加重，不时地穿上鲜艳的服装，脚蹬绣花鞋在晚上游走，嘴里喊着他那忘恩负义恋人的名字。这天夜里，她躲着母亲悄悄开了屋门出了庄，一转转到了吴大才母亲新坟旁边的大路上。为了撵只野兔子跑丢了脚上的一只绣花鞋也不管，后来她撵着撵着却跑到了周家庄头上。无意间回头看到有灯影移动过来，眼看着越来越近，她便爬到了这棵大槐树上。后来误以为那人要上树来拽她，一时紧张就摔了下来……

如果要是一般的人，经历这一连串的过程，早就吓得魂飞魄散了。而胆大泼皮的周九，等那女人走后仅仅晕过去十来分钟，就马上醒过来了。他醒过来之后睁开眼，拍了拍自己的头，然后又用手指甲掐了掐大腿，觉得这不是在做梦，这才找到那个骨灰盒，再次放到那个树洞里。看了看觉得不牢靠，又拿出来揣到怀里，来到庄南头一座大桥下边，放在一个桥墩下，薅了把草轻轻盖上，这才歪歪扭扭地回家了。

但是，自从周九回到家里，就再也没有起床，饭不吃茶不饮，整日嘴里唠唠叨叨像是中了邪一般。老爹给他请来了神汉巫婆摆治也是无济于事。最后将他送到医院，拍片透视一检查，医生说，他这病是意外惊吓所致，大脑、胆囊和肾脏都出了毛病，更重要的是

心脏的问题更大，需要做心脏搭桥手术。没有钱怎么办？不得已周九只得拿出自己盗墓所得的几千元钱，老爹又向他姐姐借了几千元钱，总共凑了一万多块钱才算保住他一条小命。

等周九出院刚刚回到家里，派出所的民警来了，说他有盗墓的嫌疑，将他拘留了。

如果周九这回不是受意外惊吓病了，适时地向吴大才索要钱财，也许暂时还不会露馅。因为吴老板第二天看到他老母亲的坟茔被挖，真是气得七窍生烟，很快就报了案。查了几天没有结果，吴大才仗着有钱，悬赏五万元钱捉拿盗墓凶犯。也该事情凑巧，吴家营的韩月梅听说本村吴大才母亲的新坟被盗，而且重赏举报人，突然就想起了几天前在周家庄所发生的那件怪事。前面已经说过，得了精神病的韩月梅，病情时轻时重，多数时间是夜里重白天轻。刚好这几天她的脑子比较清醒，就向派出所的民警说了那一晚上的情况，最关键的线索是那人的脸上会有明显的抓痕。再说周九的臭名在外，派出所的民警很容易就会想到他，经过暗中到医院查对，很快就确定周九就是盗墓贼，随后就将他监视起来……

带到派出所里一审问，做贼心虚的周九只得低头认罪。他不但承认了这起盗墓案，还供出了前几次盗墓的作案事实，顺便把那几个同伙也供了出来。

后来他带着民警到村南大桥下，起出了那个骨灰盒。

在归还骨灰盒给吴大才的时候，周九向吴大才提出了一个疑问，那坟中棺材内的黑匣子到底是个什么玩意儿？它咋会发出那些莫名其妙的声音？若不是这一出又一出的怪事情，他咋也不会得这场大病，还差一点要了小命。

吴老板一听他问到这件事情，苦笑笑说："实际上也没有啥别的意思，我妈爱听个豫剧、曲剧、越调等地方戏，为了她老人家一路走好，在九泉之下安息，我就买下了这个音乐盒，而且还安上了几节新电池，如果不出问题的话，循环放一次能听上十来天呢……"

看到吴大才难得有这样一片孝心，而自己又是如此地作孽、残忍，周九满面羞愧地低下了头。

"草上飞"败走柳溪

清光绪年间的一天，柳溪镇来了一个杂耍班子。他们到达镇上后，二话不说，在老街十字口扯起棚子，在棚子中间立了一根五六丈高的老杆架子，架子的顶端横挂一醒目的木牌，上书"天下草上飞"五个大字。棚外一圈还插上了五颜六色的旗子，那派头和气势十分招眼，一时间惹得街上行人议论纷纷：这是哪方门派的江湖侠士？来后一不访名门，二不拜武师，在街头扯了大旗就敢耍弄，真不知道王二哥贵姓了，也不打听打听这是什么地方？

不过要说这杂耍班的确也有点来头，单说这班主王七的名号在江湖上也极负盛名。王七生于湖北一个武术世家，自幼随父浪迹江湖，15岁拜在武当山玄真大师门下学艺，之后遍访名师闯荡江湖，集刀、棍、剑、戟等武术于一身，尤其他的轻功堪称一绝，他上山跨河疾如脱兔，翻墙越脊如履平地，能踏在树叶上行走于水面，可以飞身疾跑于草尖之上，所以被誉为"草上飞"。

也许是艺高人胆大，草上飞王七这次从湖北大洪山一路表演而来，所到之处尽是赞美之声，自然也没有把这小小的柳溪镇放在眼里。当晚开锣表演，他命徒弟们上场拿大顶、走飞刀、转桌凳、耍飞鞭，可惜却没有得到应有的掌声，相反，场子里不断传出喝倒彩的呼哨声。跑江湖多年，王七第一次遇到这等有辱名号的丑事。到后来他只得赤膊上阵，表演拿手好戏"爬悬杆"。尽管他使尽了解数，抱着木杆疾步如飞，时而横爬、时而倒立，同时在杆上还玩出不少花样，不过，也只赢来一阵稀稀拉拉的掌声。结果一场应该算做很精彩叫好的表演便草草收场。

天外还有天。草上飞这个武林杂耍高手并不知道，这柳溪镇也是个藏龙卧虎的地方，在这方圆几百里曾被冠为武术之乡，附近村庄多有舞狮子、踩高跷、玩旱船等艺人，像舞刀耍剑且为平常之事。单说这镇北三里的赵营村，练功习武也有百余年的历史，却说这千余人的庄子出过不少武林侠士呢，他们忙时耕田种地，闲时出门卖艺也只为挣口饭吃。远的不说，就近年来人气渐旺的赵金财就是武艺超群的一位。他的小名赵小娃，小时候，天天腿上绑着沙袋跑步，蹿房越脊飞身过峡，几丈高的大树一纵而上，走起路来像疾风一般。后来父亲又带他去少林寺拜高僧飞天大侠学艺，之后十八般武艺件件精通……

适逢仲秋时节，这天，身怀绝技的赵小娃正好从西岳华山习武归来，回到庄上，听说镇上来了一个杂耍班，那班主是来自湖北随州有名的武师，到得镇上做事大胆、说话张狂，自称为"天下草上飞"，无人能比，真是目中无人。庄上许多练刀耍棍的毛头小伙儿围着赵小娃，让他前去挑战比武，也好出出这口恶气。

单说这草上飞王七，为那晚演出的"砸锅"之事心中耿耿于怀，大骂这里的百姓缺知少识不懂武术，决定次日拔杆走人。谁知第二天清晨，王七按往常的习惯，早早起床跑步练功，正当他在大棚附近走了几路拳之后，无意间抬头一看，不觉一愣，但见那旗杆上"天下草上飞"中的"上"字被"鸡"字所覆盖，一下子变成了"天下草鸡飞"。这一看令他火冒三丈，但深思之后，又令他大吃一惊，心想自己行走江湖二十多年，天南海北周游，从无人敢砸他的牌子，可谁人能有如此大的本事，悄无声息爬上那一节只有指头粗的铁杆上呢？

不一会儿，大棚下围了不少看热闹的人，他们指手画脚议论纷

纷，说"人外有人，天外有天，吹牛皮撂大话就该自作自受。"还有更难听的，大张旗鼓地说："让这群草鸡快点滚蛋吧！"

听听看看，这对于行走江湖的王七来说不啻是一种奇耻大辱。他忍了忍没有发作，而是黑着脸吆喝几个徒弟，费了一袋烟的工夫，爬上竿去揭下了那个大大的"鸡"字。

王七打消了第二天离开柳溪镇的打算，决定再演一天。他心里明白，如果再演一天，那贴字的侠士肯定会故伎重演，他就能会会此人。

演出的海报贴出去后，王七让人暗中收买一些当地的地痞流氓，趁晚上演出时前来捧场。他还交代几个心腹徒弟，等散场后，把守好棚内四个角，看看到底谁有这等能耐。

这天夜里，天有些凉意，王七吩咐里三层外三层的人，紧紧盯着那高高的木杆，一旦发现有人马上捉住。

五更时分，那个黑影终于出现了，只见他紧贴棚外三丈多远的悬吊绳索一跃而上，身子一晃升上杆顶，看得人目瞪口呆，没有绝顶的功夫达不到这种出神入化的地步。只听王七一声吆喝，众人大呼小叫着上前拦截，可那蒙面黑影从另一道绳索上闪身隐去，顷刻不见了踪影。

等天亮一看，那"鸡"字又钉在了"上"字上。

经过一番冷静思索，草上飞王七知道遇到了少有的高手。俗话说，强中还有强中手。多年来闯荡江湖，王七一直没有遇到对手，自恃武艺高强，渐渐滋生了骄傲自满的情绪，做事说话有失检点，才铸成了今日的"砸牌"之祸。

痛定思痛之后，他决定放下架子，虚心寻访这位侠士，以武会友，重塑自己在武林中的形象。

他先是拜见了当地的名门望族，又寻访了柳溪镇街上的山陕武馆，从一位德高望重的教头口中得知，这上杆贴字之人非赵营村的赵小娃莫属。

王七带上一柄武当山玄真大师送给他的七星剑，作为见面之礼，领着几位心腹徒弟，生平第一次如此谦逊地去谒见一位武林晚辈。

赵营的赵小娃也算是位知书达理之人，看到王七登门来道歉，连说"不敢当，不敢当"，随后吩咐家人端上酒菜款待王七。席间，赵小娃道："论资排辈，您当是我的老前辈啦，您自然明白，武林侠士当以谦虚为美德，说话做事切忌太过、太满，只有武德谦和之士，方能修成正果，成其大业……"

一看赵小娃办事利落、说话爽快，王七没有了拘谨，忙抱拳诚恳说道："在下初次到得贵地多有叨扰，考虑不周，说话欠妥，还望赵武师及各路豪杰多多原谅。"

赵小娃见王七主动认了错，态度又是如此的真诚，便自我检讨道："前辈不必如此客气，这也怪我年轻气盛，为了逞一时之能，让您受惊了。为了将功补过，解铃还须系铃人，前辈请放心，等我用罢酒之后，理当前去取下您高杆上的'鸡'字，以此谢罪。"

饭后，他们一起来到了柳溪街，此时，大棚下围满了人。

赵小娃微微含笑，拉着王七来到老杆架下，只见他深深运口气，说声"献丑了"，一个箭步带出一串溜子跟头，翻到了一旁吊杆的绳索上，"蹭蹭"几个蛙跳，眨眼间挂到了杆子的顶端，很快那张写有"鸡"字的白纸打着旋飘下来。随即，他一个倒栽葱下翻……下面围观的人一阵惊呼，待惊呼声过后，他却出人意料地没有落地，而是头朝下粘在另一道绳索的半空中。在半空中停留片刻，他右手抓绳，双腿横立，左手扬起，"嗖"一下，头朝下急速滑落。随着滑落，人们的心都提到了嗓子眼儿上。谁知离地约三米处，他又突然停住，一个鹞子翻身稳稳落地，奇怪的是，那绳索纹丝未动。

人们惊愕了一瞬间，"哗——"爆发出一片掌声和叫好声。

这时，一旁的王七飞步上前，拉着赵小娃的手说："后生可畏，难得难得。"

赵小娃微微一笑说："雕虫小技，不足挂齿。"

随后，王七面对赵小娃退后一步，深施一礼，接着，他一个跟头，攀上老杆架，向上的行进中，不断玩出多种花样。尔后，他一个金钩倒挂悬在半空；接下来，倒立的两腿一直夹着挪向顶端，贴向顶端时他翻过身，取下那个写有"天下草上飞"的牌子，两腿夹杆，双手紧握木牌击向头部。一霎时，那一块块被摔碎的残渣像天女散花般落了下来。

人群里又响起一片掌声。

顷刻间，王七又站立在赵小娃的面前，他真诚地邀请赵小娃屈尊来做他们的班主。而赵小娃谦和地双手抱拳一揖，说道："实在是过奖了。承蒙抬爱，可惜晚辈难以从命。因我眼下还年轻，功夫尚欠火候，正拜在华山幽净大师的门下习艺，不日还要赶去。"

怀着几分遗憾和歉意，王七命杂耍班一干人拆杆转场。

当两辆载满道具、行李的马车收拾停当后，即将分别之际，王七恋恋不舍地拉着赵小娃的手颇动感情地说："赵大侠，你虽年幼志却不短，不但让我见识了高超的武功，更重要的是，让我这年过半百之人，明白了不少做人的道理。"说罢，拱手惜别，随着马铃叮当的响声远去了。

张三丰悟创内家拳

豫南有个石人山，山下有个张家湾，这个湾子里住着一位叫张木呐的壮汉。此人话少语稀，不善言辞。张木呐15岁时父母相继亡故，仅留下一间茅草房供他存身。好在他有一身憨力气，走东湾串西村，帮助别人种庄稼下苦力地打短工，总算能勉强维持生计。28岁那年，他在去刘家荡为别人干活时，遇上了一个外乡讨饭的妇女，经房东说合，让张木呐领回家中成亲，隔年给他生了一个不足月的儿子。

不爱说话的张木呐有了一个又瘦又小的儿子，不幸的是儿子长到3岁光哭不笑；长到5岁仍不会走路；长到7岁还不会说话；长到了9岁上时才会喊第一声妈。看儿子那个头没有笤帚高，身上少肉，脸似刀条，脏兮兮，弱不禁风，走上十步路就气喘吁吁，张木呐心想这个样子怕是养不活，和老婆商量一番，打算趁个早晨起来把他悄悄扔到街上，让别人捡走算了。可是，任他一张嘴说破，老婆就是不同意，儿女财帛连人心，这好歹也是自己身上掉下来的肉哇！张木呐想想也是，再丑也是自己的娃儿，以后权当个猪娃儿拖拉着吧。

因为家贫，穷人家的孩子也上不成学，等到窝囊又肮脏的儿子张邋遢长到十一二岁，总不能闲着呀！这年开了春，张木呐拿出攒的几个工钱，又向亲戚们借了几串，去集市上买回了一只又瘸又癫的老绵羊，让张邋遢上石人山放羊去。每日里张邋遢拉着老绵羊山

前山后的放牧，到了年底，他竟然从一只羊发展到了五只羊。

山东面有个湾子叫乔家凹，乔家岙有个老汉叫乔长元，他也在石人山放牧着十几只羊，经常与张邈遢在山坡上相遇，两个人就合在一块儿放。据说，这乔长元年轻的时候跑过江湖，打过莲花落，卖过老鼠药，看过面相，玩过杂耍，高兴的时候乔老汉还能在山坡上走几路拳脚。张邈遢读书认字不行，可他对这踢腿弄拳却十分感兴趣，等到乔老汉耍弄一阵儿歇气儿的时候，他就围着他问长问短，慢慢弄明白了啥是大洪拳，啥是小洪拳。到后来张邈遢也跟在后头模仿着练习。

一般懂得武学的人都知道，这大洪拳、小洪拳，实际都出自六合拳，最早的六合拳多是仿照一些动物的动作演练而成。尽管张邈遢一百个数儿还数不清，但他对乔老汉所练的大洪拳、小洪拳悟性很快，有时候练着练着他还无端发出一些追问：哎，乔大爷，这个动作咋像狗立？那个动作咋像虎跳？可是，乔长元练功行，但要是让他说出个子丑寅卯来，一时间他也说不清楚。渐渐地，乔老汉表演的那几路拳脚已经满足不了张邈遢好学的欲望了，怎么办？没人的时候，他就拿着牧羊鞭在山间的空地上左右上下地甩着玩，而且耍得有滋有味。

乔长元在这山上放了三年羊，而张邈遢跟随他学了三年拳。三年中张邈遢已经成了一个壮实的小伙子啦。

到了这年秋后，有一天上午，张邈遢的羊群早已赶到了山上，而到近午也不见乔老汉的面。为啥不见他来呢？每回乔老汉都是早早地赶羊上山，从不落空的。到了后晌，仍不见他来。一直等了三天还是如此，张邈遢坐不住了。他想去往乔家岙找乔老汉去，可是认识乔老汉这么多年，他还从没有到过他的家里呢！

第二天上午，张邈遢将羊群赶上山后，交代一位放牛的近门嫂子看着，就匆匆地顺着一条羊肠小道，边问边走地赶到了乔家岙。

谁知找人一打听，让他心惊胆寒。原来这乔长元并不姓乔，他的老家是湖北大洪山人，因为家里贫穷，十七八岁就出外谋生，吃尽了人间的苦头。之后，一场蝗虫灾难使他的家乡人饿死大半，他的父母也难以幸免。不得已他孤身一人，流落到了石人山下改名换姓招亲上门。前几天，因为不小心，他放的一只羊吃了村上一个姓申恶霸的谷子，这申恶霸仗势欺人，跑上门去破口大骂。乔长元辩解了几句，哪知这申恶霸伸手一拳，打得乔长元鼻口蹿血，就这样仍然不解气，掂起地上的一根棍子举手就打。而乔长元顺手招架了一下，他马上回去叫来一群穷凶极恶的家丁，又将乔长元痛打了一顿，绳捆索绑押到了南召县衙。村上的人都知道，这申恶霸有权有势，自然会买通官府，而这乔长元此去是凶多吉少。

俗话说：官府衙门朝南开，有理无钱莫进来。张邋遢与乔长元已经认识了三年，两个人在一起放羊，乔大爷给过他不少帮助。平时放羊上山，中午不回家，都要带些饭，而乔大爷总是多带一些，甚至变着法地带些好吃的东西给张邋遢吃。再说这习武吧，乔大爷把他生平所学倾其所有一点不留地全部教给他。一日为师，终身为父，他张邋遢怎能忘了乔大爷的这份恩情呢？不中，我应该替乔大爷报仇。

第二天，张邋遢交代爹说，这几天他的头有点儿疼，得去街上抓些药吃。张木呐知道平时儿子从来是不歇着的，既然他说有毛病，就给了他一些银钱，让他去街上找郎中看病。

张邋遢离开家后，悄悄地来到了乔家岙。他绕着申家好大的庄院转了几圈，踩好点，便去往街上。到了街上后，他并没有抓什么药，而是将爹给他的钱买了半斤桐油。到了晚上，更深夜静之时，张邋遢来到乔家岙的申家院墙外，运运气翻墙入内，又悄悄地将柴草放到了堂屋后边浇上了桐油，然后，一把大火燃着。顷刻间，申家大院内烟雾四起烈焰冲天……当晚，张邋遢没有回张家湾，而是

离乡私奔，出门去找一条活路。

这个张邋遢就是日后威震武林的张三丰。

且说张三丰离开老家之后，靠乞讨为生一直南下，这天路经唐梓山，听说这上面有座庙观，想想自己放火烧了申家大院，毕竟不是好事，就想去观内祈祷一番，也算减轻一些自己的罪孽。

他走进观内跪下磕头，小声地祷告，说是让恩师乔大爷得吉人相助早日出来；还让老天爷睁睁眼显显灵，叫那申恶霸出门摔折胳膊摔断腿让他不得好死。正在他念念有词之时，旁边有位道士突然开口了："看你小施主到得观来，倒头便拜，谅你必有心事，不仿说来让本道听听。"

一听有人说话，着实吓了张三丰一跳，他急忙站起，一看是一位慈眉善目的道士，便双手一揖，跪下去便拜："道人在上，受我一拜。"这位道士便是弘发道长，只见他抢前一步把张三丰搀起，说："请施主免礼，有话请讲。"

奔波了两天的张三丰，此时眼泪"刷"地流了下来。他忙把乔恩师如何遭打，被送入南召县衙，而自己又是如何一把火烧了那申恶霸的大院，自己是怎样偷偷跑了出来，一股脑儿地统统告诉了这位道人。一听这位施主已经两天没有好好吃东西了，乐善好施的弘发道长将他拉入厨房，端出米饭、素菜，让他大吃了一顿。

吃完饭之后，张三丰把嘴一抹拉，又跪在了道士的面前。弘发道长一时不解，就问道："你跪在地下，这可是为何？"张三丰的眼泪再次流了下来，他说："我现在是有家不能归，又无亲无故，道士老伯，你就收留了我吧。"弘发道长看他可怜兮兮，想了想也只好如此了。

进了道观自然就要遵守道规，弘发道长给他起名叫三丰，道号玄玄子，让他负责种菜。却说这三丰本是穷苦人家出身，种上半亩几分菜地也算是小菜一碟。每日里他是早出晚归，干活十分勤谨。

不过，时日到了冬天，昼短夜长，早晨，他仍然起得很早，把从乔恩师那里学来的几路拳脚拿出来操练操练。有一天，这事被老道长看到了，从他那身形、那步调看出三丰是个习武的料，他便把自己祖上传下来的形意拳给三丰习练了一遍，谁知这三丰是一点就懂、一看就会，学起来进步很快。

这天早晨起床后，三丰又给菜地浇了一遍水，只见日头从东山头爬上来了。他来到了东南角的一个山崖旁，躺在那里晒太阳，等他刚刚闭上眼，忽然听到不远处有嗖嗖、呜呜的响声，忙翻身坐起，向那一片草丛中望去，只见一只大花猫两眼圆睁，嘴里呜呜哇哇，正围着一条蛇转圈圈。而那条扁担长的大花蛇，盘成一个大盘，高翘着头，嘴中不断伸伸缩缩狂吐着蛇芯子，挑衅似的等待着那只大花猫的进攻。这只大花猫呢，足有十斤重，趴在草丛中，它目露凶光，龇着牙，竖着毛，不断摆动着尾巴，急想置那只蛇于死地……大约等了一袋烟的工夫，激动人心的场面终于开始了。那只大花猫轻轻匍匐在地，稳稳地向前走了两步，然后一个猛跳，呼的一声向蛇扑去。可那条大花蛇老练沉稳，扭动身子轻轻一闪，使凌厉勇猛的花猫扑了个空。猫扑了个空并不甘心，很快又组织第二次冲锋，扭过头来再一次咬蛇，谁知聪敏灵动的大花蛇又一次躲过猫的撕咬后，反身就咬了猫一口。猫看自己受了伤恼羞成怒，随后又是一个反扑，蛇仍仗着灵动轻软的柔术闪、展、腾、挪，一次次躲过了大花猫的进攻。就这样，一猫一蛇在一个不大的空间里作着拼死的搏斗。最终却是花蛇毫发无损，而那只大花猫脸上、肚上、腿上，到处都是创伤，它只得无功而返，气急败坏地跑了。

看到猫蛇一场混战，这柔蛇竟能战胜凶猫，原因何在呢？这时，他又回想起在那段时间与乔恩师放羊的时候，他曾教过他的一些拳脚，仿佛有一道闪电照亮了三丰的大脑，这莫非就是以柔克刚的妙诀？随后，张三丰勤于思考不断演练，同时又多次观察了虎、豹、

狗、狼、驴、马、猪、羊、鼠、猴等等动物的动作和被激怒后的反常举动，从中揣摩思索，找出了动物之间争斗时柔中有刚、静中有动、含而不露、变化万端、出奇制胜的内在规律，然后不断地摸索操练，终于创出了一套以柔制胜、刚柔相济的内功拳。

苦练了一年之后，老道长看张三丰不但学会了自己全套祖传的形意拳，而且还独创了一套少有的内功拳。一日午后，将他叫到跟前说道："三丰，你的武功的确大有长进，眼下你尚年幼，应该多有深造的机会，此处人微观小，怕是会误了你的前程。不如你去武当山吧，那里有我的师兄清波道长，经他点化你今后会有大的出息的。"

第二天，张三丰依依不舍地跪拜了师傅，离开了唐梓山道观，踏上了去往武当山的路途。

此后，张三丰到达武当山，在清波道长的教诲下，冬练三九、夏练三伏；经常一个人思索、揣摩、领悟各种武功的精妙之处，便演习出一套新的拳法，以蛇、猴的轻柔为经，以众动物各种形态为纬，并融合了形意拳、大洪拳、小洪拳、六合拳以及南拳北腿等，终于独创出了有名的武当内家拳，一时名扬天下、享誉武界。

巧断毒鸡

明朝洪武年间，柳溪镇的乔营村死了一个人。这个人死得甚为蹊跷，他离家出走整整十年，到家后第二天就一命呜呼，让人觉得非同寻常。

死者名叫乔邦山，十年前的一个春天，乔邦山刚刚结婚十来天，应一位朋友邀请，他去湖北神农架做一笔药材生意，两个人出去三个月不到，那位朋友不但生意没有做成，身上多处摔伤回来了。而他与乔邦山在购买药材分手后，乔邦山也意外走失，再也没有了音讯。妻子魏天云听完那位朋友的诉说后大哭一场，随后就在这种漫长的思念中等待着丈夫的归来。

转眼间十年过去了，魏天云的儿子已经9岁，一天，乔邦山突然回来了，只见他脸色菜黄，身着破衣烂衫，一副落魄的样子，一进家门就大喊肚子饿。他坐在灶房里，竟然一口气吃了一筛子的红薯。等到魏天云给他送过来一碗茶水，他"咕咚咕咚"喝完后，便述说了十年来的历险经历：自从那次和朋友到神农架分头寻找药材卖主，他单独一路找去，半路上遇到了一个三十多岁的挖药人，说屋中有一批党参、天麻等，并带他前去看货。谁知走到途中，又碰上了两个人，他们三个人在一起小声嘀咕几句，随后合伙将他暴打一顿，又把他口袋中所有钱财抢劫一空。他拖着受伤的身子来到了一个叫板仓的地方，偏偏又遇上了一伙兵丁，将他拉去入伍。之后辗转南方便与家中失去了联系……一个月前，他实在受不了那种颠

沛流离的生活，在一个漆黑的夜晚，躲开哨兵，连夜逃了出来，随后一路流浪才回到家乡……

不管怎么说，只要回来就好。第二天晌午，妻子为了给丈夫压惊洗尘，便请来后院的邻居小翠，把家中唯一的一只老母鸡宰掉，放入锅中炖好，她和儿子都舍不得吃，让乔邦山连肉带汤全部吃个精光。谁知丈夫吃下后还不到一个时辰就死了。

丈夫的惨死，让魏天云一时无法接受。可是人死无法复生，她忍着心中的悲痛，在同门家族的帮助下，凑钱买了一口薄木棺材，第二天就将丈夫草草掩埋。

本来人死如灯灭，一埋也就算完了，偏偏魏天云有一位邻居叫杜七，他暗中观察了魏天云的行踪，觉得里面有诈，就去找了乔邦山家的族长，详细说了心中的疑惑：自从乔邦山走后，这模样俊俏的小娘们一直独守空房，一个女人家，难道她就没有一点非分之想？她能为了乔邦山在家守活寡十年吗？漫长的十年，她肯定有了奸夫。过去，她等着乔邦山，主要是望着他有一天能发了财归来后能跟着享点清福，而今看到乔邦山回来如此贫困潦倒，倒不如和奸夫一起索性将他毒死。还有一个疑点就是，在送乔邦山出殡的时候，刚刚出门，只见魏天云冷不防，照着棺材猛跺了一脚。当地有一种风俗，如果男方死去，在下葬出门的那一刻，妻子照准棺材跺脚，那意思就是让死去的男人到阴间成了孤魂野鬼，再不让魂灵回来，以后，她就可以名正言顺地改嫁了。

因为当时出殡本族的人一时疏忽，也没有从这方面去想；而族长乔五爷那天只顾奔忙，对这件事情也没放在心上。今天闻听此言的确在理，便马上召集族人商议后，决定即刻去县上告官。

唐城县令叶从善受理了此案，马上带人对死者乔邦山开棺验尸。仵作从尸体和口腔里查出，乔邦山的确是中毒而死。而能与乔邦山亲密接触的只有魏天云。很快，叶县令就命人即刻将魏天云捉拿归案。

可是，在升堂问案之时，叶县令质问魏天云奸夫是谁，她却大喊冤枉，说她是被人栽赃陷害。一看这民妇不好对付，叶县令就展开了攻心术，一针见血地指出："你还有什么冤枉可言？自从你丈夫去湖北走失后，你受不了活寡的日子，便红杏出墙。结奸夫害本夫古今有之。过去，你之所以有所顾忌没有明目张胆，就是幻想着有一天乔邦山在外边挣了大钱，回来后能享荣华富贵。这回，丈夫回来了，你看他分文没有带回来，一时起了杀心，就和奸夫商议，预谋着在鸡肉里面下毒。之后，等到你丈夫死后，你迫不及待催着下葬……如今到了堂上，还不快快招来。"

"我是冤枉的。你说我在鸡肉里面下毒，有何证据？"魏天云质问道。

"经确认，你丈夫是因为吃了鸡肉毙命确是真的。至于说里面放了什么毒，这个……"叶县令想了想说，"对了，问题就出在你这只鸡身上。这只鸡到底从何而来？你从中下了什么毒，快快给我说个明白。"

魏天云不承认这只鸡有什么问题。原来，这只鸡是她的娘家为她送的嫁妆。这一带有个风俗，姑娘出嫁的时候，要送一公一母两只"扎根鸡。"对于这种"扎根鸡"，一般情况下是不能随意宰杀的，要让它们自行死亡。万一必须宰杀，也要请一个可靠的人来杀。因此，自从丈夫出门之后，这两只鸡得到了魏天云的百般呵护，就是家里有一口东西吃，她也先喂鸡子。三年前，那只公鸡死后，她还难过了一阵。以后对这只母鸡更是照顾有加精心喂养。这次丈夫乔邦山回来，可是天大的好事，她就请来了后院的邻居小翠将这只母鸡杀了，来为丈夫炖肉熬汤补补身子。鸡肉熟后，她和儿子不舍得吃，只是让小翠品尝了一块。当时，从开始宰杀到吃进嘴里，自始至终都有小翠在场。更让人奇怪的是，小翠吃了鸡肉却没有事，

而丈夫乔邦山却意外死亡，这到底是怎么回事儿呢？

是啊，小翠从杀鸡到炖肉自始至终都在场，那就是说外人没有作案的机会。那其中的原因又何在呢？这次审案没有结果，叶县令只好宣布退堂，择日再审。

退堂之后，叶县令叫来了仵作追问起因，仵作也是一脸困惑，他说如果鸡肉里下了砒霜，致使乔邦山中毒，那尸体会呈现黑斑，而经过开棺查验没有发现这种现象；再有，经检测虽然死者胃里和嘴里发现有毒物质，可这种毒物好像没有置人死地的能量啊？再说死者在死前也没有非常痛苦和挣扎的迹象。

那乔邦山的死因又何在呢？是不是这里边隐藏着一个更大的阴谋？

叶县令决定一个人下去微服探查。经过深入走访，叶县令与乔营村的多人攀谈，他们对魏天云的印象都很不错，说她这人穿戴朴素庄重大方，尊老爱幼恪守妇道，平时不与外人多说一句狂话，在村中口碑很好。没有查出名堂，倒让叶县令越来越糊涂了。

这天，离开了乔营村，叶县令信步来到了柳溪镇街上，在街头他看到一70多岁的老者正与一中年人酣战象棋。他凑过去观看，中年人眼看皇城被围，老帅命在旦夕，这时叶县令忍不住给支了一招，终于使那中年人化险为夷。当那中年人赢棋之后，十分谦让地站起来让叶县令来下几盘试试身手。实际上叶县令也是爱下棋之人，平时整天忙于公务少有闲心，尤其这几日为那宗命案劳心伤神，正好散散心，便坐下来说声"承让"下将起来。

说实话，通过刚才看那位老者走棋，他觉得技艺平平，刚上手所以也没有太在意，谁知下了三盘接连败北，令他吃惊不小。到了第四盘，他使上了惯用的当头炮，然后双马盘槽，双车接应，接连亮出杀招全线出击，迫使对方节节败退，最后使对方的老将束手就擒。那老者输了之后，双手抱拳一揖，连声夸赞："好棋好棋，又

毒又狠，十年鸡头哇！"

这时的叶县令一个激灵，慌忙追问老者："哎，老人家，你刚才说啥？"

"我说你又毒又狠十年鸡头哇！"说完，老者又补充一句，"下棋就得这样啊！"

"请问老先生，啥叫十年鸡头？能告诉在下一二吗？"叶县令请教道。

"哈哈，我说的是民间俚语呀，"他略一沉吟，"眼下的年轻人都不太懂，过去，听老辈人讲过这样一句老话，叫'十年鸡头生砒霜啊！'"

这叶县令今年只有三十出头，当然对此不甚明白啊！就又请教老先生说得详细一点。听老者说，原来这十年鸡头还真有些说道，那鸡是杂食禽类，通常吃五谷杂粮、或者残渣剩食、野草艾蒿、粪便异物等等，在吃的过程中难免误食有毒之物。一般的畜禽类，吃了那些杂七杂八的脏东西很可能得病，可这鸡子呢，肚子里有一种"化毒丹"，却能逢凶化吉，将一些有毒素的东西经过处理排泄出去，不过还有少许龌龊之物随周身的血脉流动，走到了鸡头和鸡尾，就残存在了那里……一听到此，叶县令再也下不进去棋了，也未作什么解释慌忙站起，匆匆离去。

回到县衙，叶县令马上命人火速去四乡八镇寻找有十年以上的老鸡。半个时辰之后，一衙役拿回来一只老母鸡，他亲自宰杀用铁锅煮熟，忙喂了县衙一只狼狗。他亲眼看到，不消一袋烟工夫，那狼狗抽搐一阵四肢一伸马上毙命。这时的叶县令感慨颇多，轻轻擦去额头的冷汗叹道："仅仅这一点失误，差点冤枉了一条人命啊！"

很快，他再次升堂问案，同时将柳溪镇乔营村乔姓族长、魏天云的邻居小翠和杜七等人传唤到堂，有理有据的一番审理终于使真相大白。原来那邻居杜七，看魏天云的丈夫久久不回来，就打上了

淫乱魏氏的主意，谁知这魏天云是贞妇烈女性情刚直，多次痛骂他的调戏。之后这杜七就怀恨在心，趁这次乔邦山吃鸡中毒误死之际，妄想嫁祸于魏氏，置她于死命。谁知叶县令歪打正着巧断这起毒鸡命案，彻底查清了真相。最后叶县令宣判：杜七因调戏妇女陷害他人，当场重打四十大板，即日流放边关；民妇魏氏无罪释放。叶县令也算是面善心慈之人，他念魏天云勤劳节俭、忠厚善良、年轻丧夫，身边又有一个年仅9岁的孩子，一年后特意为魏氏保媒找了一位殷实的铁匠，也算成全了一桩姻缘。

追命绳鞭寻刀客

一、祸起萧墙

这是清朝道光年间的事情。有一天，受师傅先锋剑师习星元的指派，洪山帮剑侠柳山泉去往百余里地的洪武山栖霞寺，找寺内带发修行的棍王大师请教切磋武艺。等到十天过后，该习的武艺都已操练过了，该交待的话都已说了，该办的事情也都办了，柳山泉在这天晚上提前向棍王辞行，哪料热情好客的棍王大师想留他多住一日，说是让他再看看距栖霞寺十多里地青峰山顶"流瀑飞虹"的景致。可惜柳山泉只因心中有事，无心贪恋景致，本不想再留下来，无奈棍王大师好心相劝，他只好再耽搁一天。谁知，也就是仅仅多住了一天，当他于次日掩黑时分回到习家桥，准备面见师傅习星元时，却没有见到人，师娘也不知去往何处。等他到了后院，方才从他的一位师弟口中得知，师傅前晌被浪迹江湖的黑虎刀客沙澄金邀去比武。霎时，柳山泉的心头闪过一个不祥的念头：大事不好，师傅将会有杀身之祸。近两年来，在中原武界关于黑虎刀客沙澄金的传闻很多，其人阴险狡诈、心狠手辣，善使暗器；常常是一人操刀，来无影去无踪神出鬼没。就在这十多天前，他受师傅指派去拜访棍王大师，临走时还提醒过师傅：最近江湖上盛传，这黑虎刀客不久前曾到神农山得一隐士点化，武功大有长进，听说此人还放出话来，准备打遍江湖称雄中原武界，让师傅心中有个数。当然了，在

这一方论武功，非柳山泉的师傅先锋剑师习星元莫属，所以，黑虎刀客如果想独霸中原武林，必先拿师傅开刀。临出门他还再三交代师傅：以后若是遇上那亡命之徒，千万要小心，且不可与他纠缠。如今，师傅不知内情，此行怕是凶多吉少。

此事刻不容缓，当下柳山泉骑上快马，星夜兼程赶往事先约好的青龙山鹰鸳峡谷。可是，等他赶到地方一看，见到的却是一副惨景：师傅习星元痛苦不堪伤痕累累地趴在地上，看样子已经死去多时。柳山泉仔细检查了师傅被伤的地方，却在后心正中，且见一把锃亮的袖珍小刀深深插进后心，显然是黑虎刀客这个歹毒的家伙，不信守江湖规矩，以暗器伤人。他忍着心中的伤痛，选了一处山坳掩埋了师傅的遗体，然后擦干眼泪，发誓要为死去的师傅报仇，否则决不为人。

要说柳山泉是旧恨未去又添新仇。三个月前，他的父亲就是被这个心狠手辣的家伙所杀。原来，柳山泉的父亲柳三鞭是个玩杂耍的江湖艺人，一次到鄂北棘阳地界的钱湾跑场子，被当地一个绰号叫"秃耳朵"的地痞搅和了。当时多亏路经此处的先锋剑师习星元拔刀相助，方使他幸免于难。三日后，他们的杂耍班又来到钟祥胡家集卖艺，不幸被"秃耳朵"雇来的黑虎刀客用暗器杀死。临死时，父亲捂着胸前的小刀将他托付给跟随多年的王才大叔。后来，王才大叔就带他去找曾经救过他父亲性命的先锋剑师习星元……想不到柳山泉随先锋剑师习武两个多月，那黑虎刀客知道后，怕柳山泉日后武艺学成找他报仇，就打算找机会先灭了柳山泉，可惜一直没有得手。之后，他一计不成又生一计，这次，便以切磋武艺为名，秘密下书邀请习星元单剑赴会，去鄂北的青龙山鹰鸳峡谷比武，然后，再除柳山泉就是手拿擒来的事情——如今师傅果然是惨遭暗算命丧黄泉，他柳山泉以后也不会有好果子吃。

如果单凭武功，柳山泉知道，眼下自己显然不是黑虎刀客的对手，可是父亲死去，师傅如今又遭暗算，他又能投靠谁呢，思来想去柳山泉回到了老家八仙镇，找到了王才大叔。在王才大叔家里养息了数日，柳山泉又向大叔提出了报仇之事。这王才是个心慈面善之人，害怕柳山泉在自己家住得久了生出事端，自己受株连不说，万一柳山泉有个三长两短，对不起他死去的父亲。

思谋了好长时间，这天，王才将柳山泉叫到面前，拿出准备好的干粮和盘缠，反复叮嘱他：小泉啊，我这里不是久留之地，不如给你先找个去处。顺此向东南方向走去，百余里之地，有一座桐寨山，那山上有一处玄妙道观，可有些年头了。眼下，那里面住有一位乐善好施的天真道长，会使一路出神入化变幻莫测的绳鞭，你不如拜他为师，等到日后学成，也好为含冤死去的父亲和师傅报仇。一席话说罢，年过 17 岁的柳山泉早已泪流满面，只见他"扑通"一下跪在王才面前，"咚咚咚"磕了三个响头，谢过关怀照顾之恩，然后挎上包袱手执宝剑离开了王家庄。

二、报仇心切

晓行夜宿一路走来，到第三天前晌，柳山泉登上了陡峭险峻的桐寨山，当他走进玄妙道观，在经堂里看到一位银须飘髯的老者，坐在那里正闭目诵经。看他面相和善，想必是天真道长，就叫了一声"师傅"，然后双膝跪在门口一动不动了。

直到天色近午，道长停止了诵经，慢慢睁开眼来，回过头看到门外跪着一个面相英俊身腰粗壮的小伙儿，便轻声问道："门外是哪方施主？为何长跪不起？"

"回禀师傅，俺乃是唐州柳溪镇人氏，只因父母双亡，我无亲

友可投，经人指点，上山来想拜得道高人为师，望收下小徒。"柳山泉初来乍到多了个心眼，他没有如实相告自己的家境和这次上山的意图。谁知，道长眯了一下眼后，又缓缓闭上了眼帘，用不容商量的口气回道："此地人微观小，请施主见谅，还是下山去吧！"说罢，站起身来，也不等柳山泉解释什么，慢悠悠地离开了大殿，无论柳山泉在后边是怎样喊"师傅，"他毅然决绝地扬长而去。随后，柳山泉一直跪在经堂门口，每顿饭都有一位年纪尚轻的道人前来送饭。可是每次来催他吃饭，他却是看也不看，连续三天滴水未进跪在诵经堂的门口。也许是心诚则灵，看到柳山泉一连三天跪在那里，最终感动了天真道长。等到了第四天傍晚，天真道长亲自手托木盘送饭来，随即将柳山泉扶起。柳山泉用那血红的眼睛望着道长激动地说："师傅，您答应了？"一看道长点头答应，柳山泉像饿虎般，顷刻将两碗米饭吞下肚去。

天真道长轻轻捋捋胡须点了点头。

等柳山泉吃过饭，又喝了一点水，天真道长将他带进诵经堂，拿出自己祖传的散淤止疼膏，为他跪得青紫浸血的双膝轻轻贴上。包扎好后，然后又带他来到了演武堂。当着弟子们，他重申了一遍观内森严的规矩；接着还特意举行了隆重的拜师仪式，宣布正式收柳山泉为徒，并起法号为童真。

听说柳山泉习过武术，次日清晨，天真道长便早早把柳山泉喊起来，将他带到了演武台。看着他走了几路拳后，天真道长觉得他的身法很好，武功并非一般，认为是块练武的好料。随后又手把手为他示范了全套的六合拳、八卦掌、形意拳、青桩功等，最后还将自己多年独创的玄意神功作了一番演示，嘱咐他以后认真操练，且不可有丝毫的懈怠，然后就回诵经堂念他的真经去了。

此后，心怀复仇大志的柳山泉，每天早早起床，先是跑步，尔后做一百个俯卧撑，再后按学到的套路苦心演习，不足半年，十八般兵器件件精通。似这样摸爬滚打演练了一年有余，柳山泉的武功长进很快，但他心里还有些纳闷，师傅为啥一直不教他绳鞭功呢？

有一天清晨，柳山泉正在道观后边的演武台上练功，道长走过来，柳山泉收了招式。见师傅面带笑容，趁其高兴，他就向师傅提出想学绳鞭功。师傅让他走几套功夫看看，末了师傅"哦"了一声说道："你的棍术呆滞，力度不够；剑法粗而不敏，还有破绽。"随之，师傅背着手踱着步说："有艺得艺，有道得道，只有心领神会，才能出奇制胜，你现在只算学个皮毛，还得好好操练。"说罢悠然而去。

血气方刚的柳山泉很是不服气，想我柳山泉自幼 5 岁随父练刀，7 岁耍绳，10 岁时在场子上表演棍术，玩弄得滴水不漏，如今又苦练一年，师傅竟说我学个皮毛。倒不如我寻找仇人黑虎刀客，砍了他的脑袋提回来让你看看，也让师傅知道知道我的功夫。一不做二不休说干就干。就在这天深夜，柳山泉躲开师傅和其他几位师兄，一个人悄悄离开了玄妙道观。

三、寻找仇敌

身居中原的武林侠士都知道，这黑虎刀客以江湖上的黑客而臭名昭著，他杀人掠货无恶不作，常常是飘忽不定居无定所。柳山泉找了十多天也没有查到他的行踪。后来经栖霞寺棍王大师派来的人密传，方知这黑虎刀客近两天常在青龙山虎跳峡那一带活动。而柳山泉马不停蹄地又找到棍王商议此事。自从柳山泉到了玄妙观之后，棍王也经常过来看他，当然，论起情分，棍王与天真道长此前就过从甚密亲如兄弟，如今他又拜天真为师，彼此感情更加亲近，

说话也比较随便。棍王十分关切地提醒道："那黑虎刀客生性奸诈狡猾，武功又非常厉害，你千万不要轻举妄动，最好回到玄妙观再苦练二年，方有希望取胜。"而这柳山泉报仇心切决心已定，非要与这贼子决个胜负。棍王大师一看一时很难说服他，只好由他去了。但是，等他走罢，棍王只好悄悄跟随其后暗中保护，以免他发生意外遭遇不测。

当柳山泉经过两天的寻找，终于在虎跳峡不远处的一座废弃的庙宇里找到了黑虎刀客。谁知黑虎刀客根本没有把他放在眼里。见了面他冷笑着一番嘲弄："哈哈，你这乳臭未干的毛孩子还敢在老虎头上蹭痒？去年没杀你，就是想看你小儿能蹦跶多高。哈哈，想不到今天你胆敢找上门来。好吧，既然寻来，那就让你尝尝俺黑爷的厉害。"说着，他飞身一个倒栽葱面对柳山泉站定，摆了个门户。

两人刚刚摆好架式，这时，从庙宇后边闪出来了棍王大师。他生怕柳山泉吃亏，便打着哈哈凑近来，向黑虎刀客套着近乎："慢来慢来，沙大师怎么能跟小孩子一般见识。"

这时，黑虎刀客一看是洪武山栖霞寺的棍王，都在江湖上闯荡，自然不敢造次，也忙打着哈哈说："原来是棍王兄啊，你近来别来无恙？"

"彼此彼此，咱好久不见，沙大师，走走，咱到那边庙里叙叙旧如何？"还未等黑虎刀客接上话，柳山泉收了门户，手执宝剑嗖嗖嗖像转车轮一样在面前一阵好耍，接着两个后空翻站定义正词严地说道："不中，今天我既然来了，就不会轻易放他走。"

几句颇为刺耳的话，激怒了黑虎刀客："好你个小小顽童，竟敢口出狂言。"说着就要冲上前去，被棍王大师一个箭步挡在了中间。"沙大师请息怒。"棍王大师一番劝解，但双方各执一词，到后来弄到剑拔弩张非要一决高下的局面。棍王一看一时也难以说服双

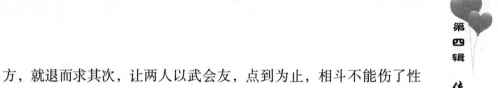

方，就退而求其次，让两人以武会友，点到为止，相斗不能伤了性命，他权且做个中间证人。

黑虎刀客阴阴一笑答应了，但那眉宇间透着几分杀气。

且说柳山泉正值年轻体壮之时，心里怀着一腔仇恨而来，开始交锋几个回合，还有些得手的气势，后来渐渐力不从心。但是，今天的黑虎刀客看棍王在此，又是与这样一个年岁不大的小伙子交手，所以也不愿恋战。两人战了二十多个回合，只见他使个仙人拜佛虚晃了一招，然后来个蛟龙出水连连出击。旁边的棍王看黑虎刀客来势凶猛，提醒柳山泉"小心"。而黑虎刀客看自己使了几手狠招仍然没有得手，便亮出杀手锏，说声"得罪了。""刷"地一下，甩出一柄明晃晃的小刀，这小刀不偏不倚正扎在柳山泉的左腿上。趁柳山泉愣神之际，黑虎刀客趁机飞也似地跑了。

棍王跑过来，从怀里忙掏出一小瓶治红伤的跌打粉药为他包扎起来，嘴里大骂着黑虎刀客不是东西，怎能破了规矩，说好比武，却又用暗器伤人。

受伤的柳山泉被棍王送回豫南桐寨山玄妙道观，当然免不了被天真道长狠狠训斥了一顿，甚至还对他约法三章，今后不经允许再不能走出山门半步，否则，不但不认他这个徒弟，还要将他轰出观门。

四、东山再起

柳山泉的刀伤不久痊愈。天真道长陪他练功，一招一式一丝不苟，从清晨日出练到夕阳西下，柳山泉的武功果然进步很快。

半年时间匆匆过去。一日，三百里地外的太极山太极道观的山长道人前来拜见天真道长，言谈话语间偶尔提及"绳鞭秘谱"，被

一旁的柳山泉听见。等到客人走后，柳山泉就秘谱之事请教师傅。不料天真道长长叹一声说道："童真，你还没有跳出三界之外啊！所谓武功讲究的是意会，意在心里，不能被俗事所累，以不变应万变，方能修成正果。绳鞭功也不例外，只有将诸多意念融汇起来，这才是习武的最高境界。所以多年来我将《绳鞭秘谱》束之高阁从不看它，而是以意贯通心领神会。这也是我没有让你知道的原因，以防束缚了你的手脚。"停了停他又说道："真要时机成熟，我自会传授给你的。且不能操之过急。"

柳山泉似懂非懂地点了点头。

到了这年冬天，第一场瑞雪下来，将桐寨山染成了一片银白。

这天，天真道长带领柳山泉来到诵经堂，只见他净手已毕，从紧锁的大壁橱内取出一条丈余长暗紫色的棕绳，然后让柳山泉仔细观看。柳山泉看后嘿嘿一笑却不以为然，心想似这等棕绳在他们乡间到处都有，何谈神鞭？心静神闲的天真道长拽过棕绳鞭，走出诵经堂，站定后深吸一口气，顺手舞动起来。开始那棕绳鞭在师傅身前身后悠悠晃动，时而似铁甲盖顶，时而好比山泉奔流……随着节奏的加快，那鞭铿锵有力呼呼生风，像千万条紫蛇在空中狂舞，只见绳鞭而不见了师傅。耍了一会儿，师傅又带柳山泉来到道观后边的演武台上"嗖"地一下上了林立的排排树桩，有板有眼地一番耍弄，直到这时候，才看得柳山泉眼花缭乱不住拍手叫好。

似这样练习绳鞭仅有半年时间，柳山泉觉得自己已学得差不多了，这天，他找到天真道长，请求师傅准许他下山，去找黑虎刀客报仇。

打坐在诵经堂的天真道长悠悠问道："绳鞭套路你是否全部学会？"

"是，师傅，我已全部学会。"柳山泉答道。

"是不是也全部学精啦?"天真道长又追问了一句。柳山泉支吾半天没有回答上来。接着,天真道长捋一下长须慢悠悠说道:"你所学绳鞭仅十分有六,但是,想要战胜黑虎刀客还不敢说十拿九稳。需要再练半年方可下山。"师傅说罢闭上眼再不言语。柳山泉自知师傅一番苦心,就终日在演武台上摸爬滚打反复演练,心中抱定决心,练好本领早日下山。

时间一晃又过去了几个月,柳山泉的心情比过去沉稳了许多。这天早饭后,天真道长打发一位小师弟将柳山泉叫到了诵经堂。问了一些近段的演练情况后,师傅闭着眼悠悠说道:"艺在心中,武在功外。童真哪,有些东西不是靠学能学到手的,重要的是要用心去悟。我看出来你是一个聪慧之人,将来会学有所成。不过,你知道今天为师将你叫过来是为啥呢?"柳山泉说不知道。

"是这样,我这里怕是留不住你了,从今天起,你就可以下山了。"

"师傅,我还是不走的好。"

"这不是你的心里话。"说着,天真道长起了身,从靠墙壁的一个大橱里取出本书来:"这是一本《心经要诀》,你不妨带在身上无事了翻翻。"然后,他又拍拍柳山泉的肩头说:"如今,你的武功已经略有长进,下山也是早晚的事情。但临行前为师送你一句话:'能为民除害,且不可草菅人命。'"说罢,反身又坐在蒲团上,两只眼睛闭上,双手合十继续诵经……

柳山泉在师傅跟前磕了三个头,说声:"师傅,多保重。"随后,把那条绳鞭缠在腰上,佩上先锋剑,向几位师兄师弟洒泪告别,就匆匆地离开了玄妙观。

五、一决雌雄

怀着一腔复仇的怒火柳山泉上路了。他明察暗访终于在大洪山北一片乱坟冈上找到了黑虎刀客。真是仇人相见分外眼红,柳山泉开口痛斥道:"你这贼人不守信义,屡破江湖规矩,多次暗器伤人,今天有我没你,有你没我。"说着舞着先锋剑直刺过去。黑虎刀客"啊"了一声,冷冷一笑用刀来挡,两人你来我往在乱坟岗上拼斗起来。

经过近三年的苦苦历练,柳山泉的武功已达到了炉火纯青的地步。但是这黑虎刀客也并非等闲之辈,多年来他闯荡江湖也学到不少奇术怪招,尤其是暗器伤人。如不是这样,他怎敢口出狂言,妄想称霸中原武林?这会儿,柳山泉丝毫不敢马虎。一招又接一招地拆解,连战了几十个回合不分胜负。这时,柳山泉瞅了一个空档,弃了先锋剑,从腰中拔出了绳鞭,"刷刷刷"一顿舞动,那绳鞭就像风车一般兜头向黑虎刀客逼去。那刀客看柳山泉换了兵器也竭尽了全力使尽了招数,渐渐只有招架之功没有还手之力。眼看大势已去,黑虎刀客情急之中甩出了一枚袖箭,只见那黄色袖箭带着呼哨声飞来,被柳山泉两指夹住。随之,黑虎刀客又就地十八滚,趁机从长筒靴中拔出一把锋利的小刀顺手抛出,忽然后边有人大喊:"童真小心。"且见柳山泉一个虎跳,绳鞭一甩,半道上那利刃被鞭梢缠上,随后"啪"一声钉在了远处的一棵古柏树上。趁这工夫,柳山泉回头一看,见高岗上站着的是久已不见的棍王大师。此刻,他的脸上浮现出了一抹欣慰的笑意。

一看棍王大师也前来助战,黑虎刀客知道今天非要拼个鱼死网破不可了。只见他大喝了一声,再一次挥舞着大刀扑过来,与柳山泉展开了殊死的搏斗。黑虎刀客毕竟也得到过高人的指点，如今是拼命之时，这个亡命之徒反而越战越勇，不住地闪、蹦、腾、挪，一次次避开了绳鞭的致命击打，有一次眼看绳鞭缠上了他拿刀的右手，谁知他迅速将刀换到左手翻身一刀，却划伤了柳山泉的左肩，险些要了他的性命。

交战半天，两个人的身上都是伤痕累累血迹斑斑。

又战了几个回合，柳山泉重抖精神，以凌厉的攻势甩出长鞭。谁知黑虎刀客迎刀过来，刀柄被鞭梢缠上，这时黑虎刀客趁势狠命一拽，柳山泉由于肩部受伤较重，绳鞭差一点飞离手中。但柳山泉不敢怠慢，一个兔子蹬鹰反将黑虎刀客手中大刀踢掉好远，他也跟趔几步几乎摔在地上。霎时二人又一跃而起短兵相接。黑虎刀客来一招饿虎扑食，柳山泉急忙躲过，迅疾飞身一个鱼跃龙门，黑虎刀客也旋起身子在空中接招，快落地时，被柳山泉双脚一记狠劈，绳鞭顺手扫去，随着惯性他的头部撞向一块石碑，顷刻鲜血直流。正当柳山泉仰坐起来喘息的时候，只见黑虎刀客晃了晃身子，从长筒靴内取出一把袖珍匕首，用尽全力射出了最后一记"流星雨"。只听一声"童真快躲"！棍王大师大喝一声，迅疾飞扑过去，匕首正好扎进了棍王大师的前胸。气恨交加的柳山泉飞身跃向空中，回身一个后空翻，猛地旋出双脚踹向黑虎刀客的前胸。随之，这个恶贯满盈的刀客，眼看着嘴里喷出了一道耀眼的血柱，身子晃了几晃扑倒在地一命呜呼了。

身上被划破几处刀伤的柳山泉，抹拉了一把脸上流淌的鲜血，极为艰难地拄着手中的宝剑，一步步向棍王大师走去。到跟前后，他双膝跪地，用力摇动着棍王，嘴里大声嘶喊道："师傅、师傅，你醒醒。"

一脸痛苦的棍王大师，忍着揪心的剧痛，说道："山……山泉，

我……"

柳山泉忙将棍王大师身子揽在怀中，放平，右手不断地在他的胸前抚弄着，哑着声说："师傅，师傅，你可要挺住。"

这时，棍王大师忍了几忍又说道："孩子，我一直在瞒着你呀！"尔后，他从口内呕出一口鲜血，脸上露出一丝微笑，喘息一阵后断断续续地说道："你……你原本姓黄，是……是我的亲生儿子。只因 10 多年前，你的母亲被江洋大盗郝巨霸先奸后杀，我……我知道后，找……找他寻仇。那时你才两岁，可我……我怕你遭遇不测，只好……好，将你送给了……了我……我的好友柳三鞭……"说到这里，他的头一歪，怀着万分遗憾的心情气绝身亡。

眼里涌满泪水的柳山泉大喊一声："棍王师傅，爹——"再也说不出话了。

此时，日头落山，西天如血的晚霞染红了半边天。